WARRIORS

貓戰士

外傳之XIX

說不完的故事6

A Warrior's Spirit

艾琳・杭特 (Erin Hunter) 著
高子梅 譯　彩木Ayakii 繪

晨星出版

目錄

WARRIORS
貓戰士

卵石光的小貓

Pebbleshine's Kits

特別感謝基立・鮑德卓

梅子柳：暗灰色母貓。

長老　（退休的戰士和退位的貓后）

苜蓿尾：淡棕色母貓，腿和腹部是白色的。

本篇各族成員

天族 *Skyclan*

族長　**葉星**：琥珀色眼睛的棕色與奶油色虎斑母貓。

副手　**蜂鬚**：灰白花斑公貓。

巫醫　**回颯**：綠眼睛的銀灰色虎斑母貓。見習生：躁掌。

戰士　（公貓，以及沒有年幼子女的母貓）

雀皮：暗棕色虎斑公貓。

鷹翅：暗灰色公貓。見習生：捲掌。

馬蓋先：黑白花斑公貓。

花心：薑黃色和白色的花斑母貓。

鳥翅：黑色母貓。

微雲：嬌小的白色母貓。

貝拉葉：綠眼睛的淺橘色母貓。

鼠尾草鼻：淺灰色公貓。

萊利池：藍眼睛的淺灰色虎斑公貓，有暗灰色條紋。

兔跳：棕色公貓。

香菜籽：暗棕色虎斑公貓。

火蕨：薑黃色母貓。

哈利溪：灰色公貓。

見習生　（六個月大以上的貓，正在接受戰士訓練）

躁掌：黑白花斑公貓。導師：回颯。

捲掌：長毛灰色母貓。導師：鷹翅。

貓后　（懷孕或正在照顧幼貓的母貓）

卵石光：夾著棕色斑點的白色母貓。

北方
轟雷路
兩腳獸地盤
育兒室
見習生窩
樹橋
河
峽谷
往森林→

懸天岩
戰士窩
長老窩
族長窩
巫醫窩
岩石堆
低語穴

南布洛菲爾德路
北方
布洛菲爾德荒地
高丘林
警告：此區為不穩
定的懸崖
深砂地
雀爾河

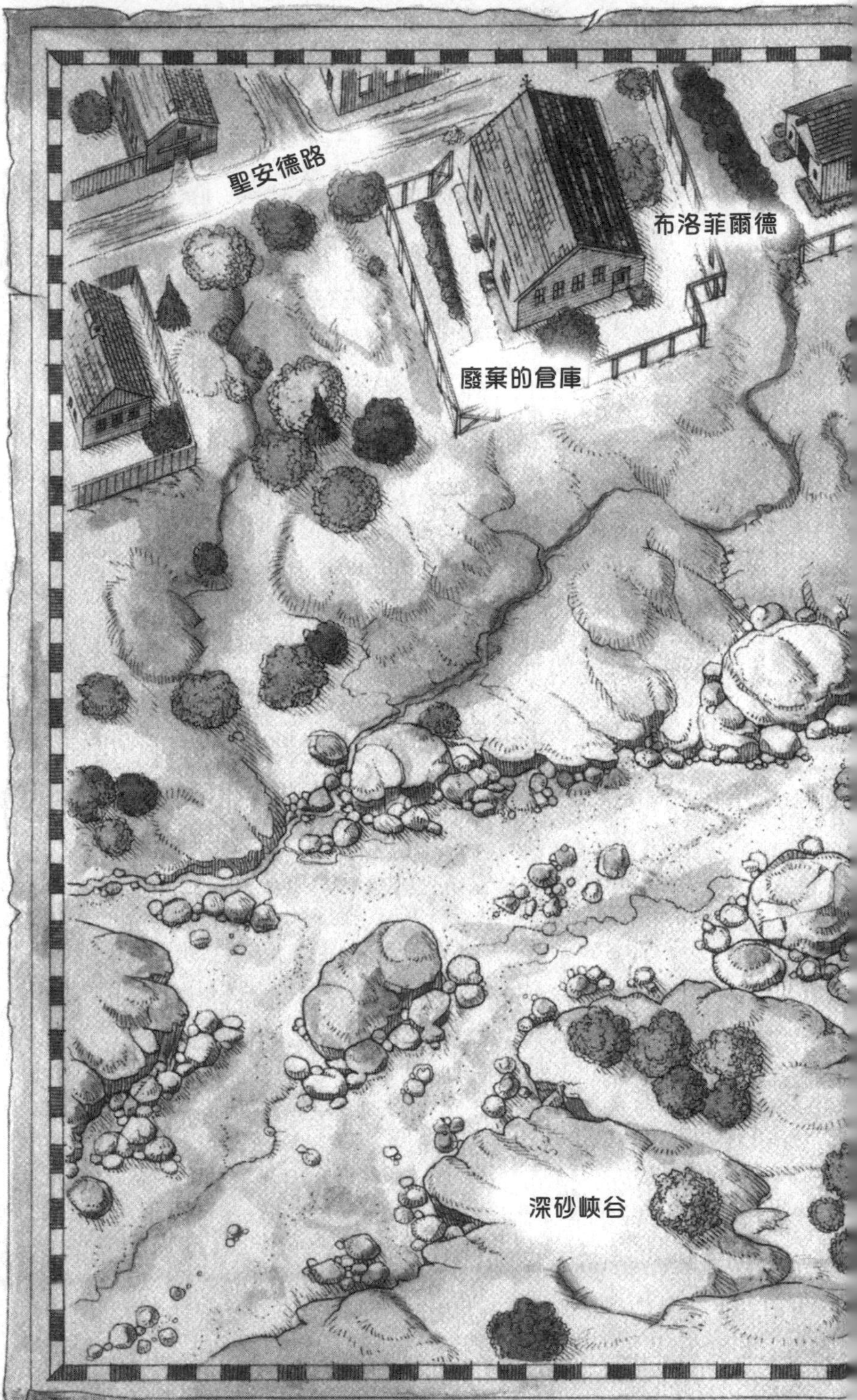
聖安德路
布洛菲爾德
廢棄的倉庫
深砂峽谷

第一章

卵石光穿行在灌木叢裡，尖刺不停戳著她的背，但飢腸轆轆的她被逼著繼續前行，直到從另一頭鑽出來。自從天族離開位於峽谷的家園，已經過了快兩個月，所有戰士又餓又累。但這種飢餓與疲憊感對卵石光來說比其他戰士來得更強烈，因為她有孕在身。她知道待在灌木叢另一頭的族貓們已經快要放棄狩獵。這時低頭俯瞰的她驚愕地愣在原地，爪子戳進地裡。

在她前方是一大塊地，全都鋪著跟轟雷路路面一樣的堅硬黑色材質。幾頭兩腳獸的怪獸蹲伏在那裡，再過去一些，有兩腳獸窩穴的灰色高牆巍峨聳立，一條狹窄的轟雷路穿過高牆缺口，迤邐至遠方。

卵石光小心躲回灌木叢裡。她的直覺告訴自己，趁怪獸還沒留意到她之前，趕快離開這兒。但她才往回走沒兩三步，就聞到一股香味飄送而來。她停下腳步，舔聞空氣，查出味道來源，驚訝地瞪大眼睛，原來那是從其中一頭怪獸身上飄送出來的。

是獵物！有獵物困在那頭怪獸後面。要是能把牠抓回去給族貓們吃該多好！

卵石光見這些大怪獸沒在移動。也許牠們都睡著了。一想到和族貓從怪獸面前偷走獵物得冒多大的險，她的一顆心就跳得飛快。肚子這時又咕嚕嚕地叫了，提醒她自己有多餓。她和其他天族貓到底有多久沒真正吃飽過了？

「試試運氣吧！」她對自己咕噥道。

卵石光找副族長蜂鬚帶隊深入那處空地，探查那頭聞起來有獵物味道的怪獸。她的伴侶鷹翅緩步走在她旁邊，至於隊伍裡的另外兩隻貓捲掌和花心則押隊殿後。

隨著她和同伴們趨近，卵石光開始聽見怪獸的後背傳來咯咯叫聲，裡面有很多發亮的箱子，看上去像是怪異的臥鋪。

「那裡有鳥！」鷹翅大聲說道。

「牠們被困住了，」卵石光補充說道。「牠們一定是兩腳獸的獵物。」

蜂鬚點點頭。「的確是。牠們被叫做雞，峽谷附近的一些兩腳獸有養過。」

卵石光抬眼望著那些閃閃發亮的臥鋪，距離近到足以看清楚臥鋪四周堆了很多羽毛，有幾個雞頭探了出來，嘴喙尖銳，眼睛宛若珠子。這裡誘人的氣味更濃郁了。飢餓宛若獾的爪子劃穿她的肚皮。

卵石光不耐地抽動耳朵，這時鷹翅和蜂鬚竟開始在爭辯這件事到底值不值得冒險。

「你們想想，」卵石光喵聲道，同時眼神提防地查看四周。「怪獸現在睡著了，附近又沒有兩腳獸，我們為什麼不……」她目光移回副族長身上，默默地懇求他能用這個角度來看這整件事。**我們辦得到，我知道我們可以！**

最後蜂鬚點點頭。「好吧。鷹翅，你和捲掌負責把風，其他貓跟我來。」

「我也爬得上去。」鷹翅喵聲道。

「不行，我看得出來你的腿還在痛，」蜂鬚回應他。「你留在這裡比較管用。」

卵石光同情地回頭看了她的伴侶一眼。她知道他對一個月前追捕松鼠從樹上掉下來後所造成的腿傷後遺症很沮喪。這時鷹翅意有所指地看著她那隆起的肚子。

「卵石光也應該留在這裡。」鷹翅突然說道。

「沒錯，卵石光，妳得格外小心。」花心附和道，蜂鬚點點頭。

卵石光火大地瞪著她的族貓。雖然知道他們是為了她好，因為她肚子裡懷著鷹翅的小貓，可是他們也沒必要把她當成病貓來對待。「我的肚子還沒大到什麼事都不能做。」她抗議道，尾尖不停抽動。「我還是跑得跟你們一樣快，而且這點子是我提出來的。」

蜂鬚瞇起眼睛看著她，然後嘆了口氣。「好吧，趕緊去辦事吧，免得我們全都餓死了。」

在靠近怪獸前，卵石光停下腳步看著鷹翅那擔憂的表情，伸出尾巴撫過他的腰側要他放心。然後跟在蜂鬚和花心旁邊，爬上怪獸的背，但被腳下陌生的觸感嚇了一跳，腳爪摩娑著怪獸背上堅硬的毛皮。

他們來到怪獸屁股上方的一塊橫檔，可從這裡往下俯瞰無以數計的迷你窩穴，裡頭全是雞。三隻貓從怪獸的後背跳下來，定住不動地瞪看。**這些怪異的臥鋪有好多，**卵石光心想道。**每個窩穴裡頭都有一隻雞。**她興奮地對著下方的鷹翅和捲掌大聲喊道，讓他們知道她看到了什麼。

就在蜂鬚和花心更趨近查看時，咕咕叫的雞開始慌張地呱呱尖叫起來。卵石光的狩獵本能頓時被撩起，跟著她的同伴朝獵物的窩穴悄悄前進。卵石光將爪子探進其中一個格狀洞裡，試圖勾一隻雞出來。但雞憤怒地拍打翅膀，根本抓不到。蜂鬚和花心也都遇到問題。花心抽回爪子，氣餒地發出嘶叫聲，因為她要抓的那隻雞竟用鳥喙粗暴戳她。至於蜂鬚費了好大功夫，只抓到了一掌羽毛。

空氣中縈繞著美味的獵物氣味，害卵石光嘴裡盡是口水。他們迫切需要這些獵物止飢，但離牠們這麼近，卻怎麼也抓不到，簡直快抓狂。

就算我們好不容易抓到其中一隻笨雞，也沒辦法把牠從那麼小的格狀洞裡拖出來啊，卵石光這時突然大悟。她心裡閃過疑慮，不免懷疑是不是一開始就不該提議來這裡抓雞。但她又頑強地甩開這念頭，**一定有辦法可以把這些窩穴打開。**

卵石光往後退一步，仔細打量這些用來打造窩穴、互相交織的細枝條。她和族貓也常用枝條和藤蔓編織窩穴。但這些枝條閃閃發亮，質地很堅硬，而且間距均勻，摸上去的觸感告訴她無法被折彎。她試圖用咬的，但只會傷了自己的牙。**我該怎麼辦呢？**她不免納悶。**兩腳獸一定有辦法打開。**那當下，她完全不知所措。但這時卵石光突然留意到窩穴的邊角有一根發亮的小枝條棲在某種捲曲的葉狀物上。

她用腳爪拍它，它就會移動一點。於是她從其中一側慢慢推，移動的範圍竟然就更大了。突然間卵石光弄懂了其中的原理。**如果我能把這東西從這一頭往下推，**她心想，**那一頭應該會往上移動，整個邊牆就能打開。**

於是她拿腳掌往下拍打那根小枝條，但它很硬，動也不動。她氣得嘶聲咬牙，更大力地往下壓，使出所有力氣。「看在星族的份上，快動啊！」

她太專注了，以致於只模糊意識到有吼聲從負責在地面上把風的鷹翅和捲掌那裡傳來。接著她就聽到蜂鬚的聲音：「狐狸屎！」

卵石光回頭瞥了蜂鬚和花心一眼，看見他們的前腳都踏在剛剛跳下來的那塊橫檔上。

「有兩腳獸！」蜂鬚大聲喊道。「快走！」

蜂鬚和花心的後腳也攀了上去，站在上頭剛穩住身子，就消失了。「卵石光，快走！」他邊跳邊喊道。

「我就來了！」卵石光回答，但沒有跟上去，反而朝雞隻的窩穴轉身回去，**我快成功了……**

她再次把小枝條往下壓，這次它真的鬆開了，往上一彈，從固定它的捲形葉狀物掉了出來。臥鋪的側牆整片彈開，完全跟卵石光想的一模一樣。「成功了！」她喵聲道。

這時裡面的雞朝她轉身，像圓珠子一樣的眼睛看起來嚇得快破膽了。她這時才想到打開窩穴或許還簡單一點，倒是眼前的獵物很陌生。她蹲伏下來，對著這隻生物嘶吼，潛行進去，使出尖牙利爪，奮力抓住雞。

這時她聽見鷹翅的聲音。「卵石光在哪裡？」

「我還在這兒！」她大聲喊道，同時呸掉滿嘴的羽毛，好讓自己的聲音被聽到。「我打開其中一個窩穴，抓到一隻雞了！」

「那就快下來這裡，快！」鷹翅吼道。

卵石光試著把獵物拖到平臺邊緣，但那隻雞發了瘋似地尖叫，翅膀胡亂拍打，還用帶爪的腳朝她猛揮。牠的體型幾乎跟她一樣大，再加上牠的羽毛又厚又軟，害她差點被嗆到。雞的頭頂上方有紅色肉冠，連下巴也有，儘管她正努力奮戰中，也忍不住地想這種生物長得實在很可笑。有那麼一會兒功夫，她擔心牠恐怕強悍到她無法駕馭。**但我不會輕言放棄！**她告訴自己，同時想辦法用尖牙狠咬雞的脖子。

蜂鬚的尖嚎聲從下方傳來。「卵石光，我命令妳現在就離開！」

「我就來了！」卵石光重複道，吼聲裡面盡是無奈。「可是這隻笨鳥一直在抵抗啊！」

「那就放牠走！」鷹翅的聲音驚恐。

「可是族貓們需要這隻雞！」卵石光反駁道。

某種低沉嘶啞的吼聲從怪獸身上傳來，卵石光的腳下——也就是怪獸的後背開始震動。**狐狸屎！牠要醒了！**卵石光心想，一想到還沒帶獵物逃脫，就可能被怪獸發覺，她不禁惱羞成怒。

她奮力最後一搏地撲上去，尖牙深戳進雞的喉嚨。對方的呱呱叫聲戛然止住，卵石光覺察到有溫熱的血從她嘴裡流出。雞身抽搐一陣，然後癱軟不動。

她的洋洋得意讓她暫時忘卻了眼前的危機。卵石光蹣跚站了起來，將那隻雞拖向平臺邊。但還沒拖到那裡，怪獸突然動了，而且發出某種穩定果決的喉音，接著慢慢往後退。

卵石光頓時害怕，她扔掉嘴裡的雞跳起來，腳掌按住怪獸的側邊。「跳！卵石光！快跳！」花心尖聲喊道，同時一邊後退，因為怪獸正不斷朝她和族貓們的方向逼近。

等退到離他們更近的時候，貓兒們趕忙各自逃開，躲避怪獸巨大的黑色腳掌。只有鷹翅原地不動地將捲掌推開，然後朝怪獸奔過去。

不要過來！鷹翅！卵石光張嘴發出警告的尖叫聲，但這時怪獸突然停了，只離她的伴侶貓幾乎不到一條尾巴的距離。他蹲伏下來，準備一鼓作氣地跳上來找她。

「不用！我要下來了！」卵石光氣喘吁吁，但不確定他有沒有聽到。她慌亂地往上扒抓，想先爬上去，才能跳到下方的地面。

可是兩隻貓兒都還沒來得及跳躍，怪獸突然又動起來，牠的吼聲愈來愈大，並從後臀噴出惡臭的煙霧。牠往前移動，朝怪獸營地外牆的缺口衝了過去。卵石光瞥見外牆後方有更多怪獸正沿著一條很寬的轟雷路呼嘯疾奔。她的心臟跳得厲害，感覺整個身體像被冰凍住。卵石光想跳下去，但是她的腿無法移動。腦袋裡充斥著她被那些橫衝直撞的黑色腳掌壓扁的畫面。

「卵石光！」鷹翅尖嚎。

卵石光看見他奮力往前一躍，但來不及了，他沒能搆到，砰地一聲落在堅硬的路面上。卵石光嚇得縮起身子，她知道落地那一瞬間，鷹翅一定有震到他那條傷腿。

她不顧一切地做出最後嘗試。她翻越牆面，但加速的怪獸猛地抖動，害她失去平衡掉下來。等到她好不容易跳起來站好，怪獸已經又移動了很遠，速度快到她沒辦法確定自己跳下去能否安全落地。

卵石光看見旁邊林子隨著怪獸速度的加快模糊成一片。她頓時反胃，但不確定是因為怪獸的移動還是因為心裡那股突如其來的恐懼。**要是我再也……但我不能這麼想，**她打斷這個念頭，**不管接下來會發生什麼，我都必須相信我一定能找回我的部族，因為我是天族戰士……未來也永遠都是！**

她腳掌抵住怪獸的腰側，轉頭望著鷹翅。「我會找到方法回到你身邊！」她放聲喊道。

鷹翅往前疾奔，追在怪獸後面，但卵石光看得出來他的嘗試根本無望。怪獸放聲大吼，奔向更寬的轟雷路，速度也跟著加快。

卵石光不敢相信地愣在原地，她只能眼巴巴地望著鷹翅的灰色身影，直到愈來愈小，變成一個黑點，最後完全消失在視線裡。

等到卵石光再也看不到她伴侶貓的身影時，她才軟趴在平臺上。她很想要像一隻被拋棄的小貓那樣放聲大哭，但她知道這一點幫助也沒有。要是她想回到鷹翅和其他族貓身邊，就得保持體力，隨時警覺才行。

等怪獸停下來後，我會遭遇什麼？她反問自己。牠會把她當成獵物嗎？**不行！**她意志堅定地抖抖身子。**變成怪獸的食物絕對不會是我和小貓的下場。**

至少她現在有自己的獵物可吃了。她在剛被殺掉的那隻雞的旁邊蹲下來，撕開羽毛開始進食。雞肉就跟蜂鬚說的一樣鮮美，但她無法樂在其中，吃腐葉恐怕都比獨自享用雞肉大餐來得愉快。而且雪上加霜的是，其他活生生的雞似乎正從窩穴裡瞪看她，發出指責的咕咕聲。**我不確定自己是不是喜歡吃雞**，她心想道。

在此同時，她試著翻牆往外窺看，小心查看這頭怪獸的去向，搜尋有助她回家的地標。**那裡有一棵枯死的樹……三棟兩腳獸窩穴緊挨在一起……轟雷路在這裡橫過一條溪……**

但隨著怪獸速度愈來愈快，把卵石光載得離自己的部族愈來愈遠，她開始因為太努力觀察沿路地標而有些頭昏腦脹。她的肌肉也因為剛剛和那隻雞奮力搏鬥而痠痛不已，但肚子裡又塞滿了雞肉。

有好一會兒功夫卵石光都在努力對抗睡意，但最後還是屈服了，她長嘆一聲，任由雞群的咕咕叫聲將她帶入溫暖的黑暗中。

第二章

怪獸停了下來。卵石光眨眨眼睛，瞬間清醒，抬頭四處張望。又過了一會兒，她腳下和肚子底下的震動完全靜止了，怪獸的隆隆吼聲也戛然止住。肌肉瞬間繃緊的卵石光甩掉最後一絲睡意，做好充分準備。她看了那些雞一眼，尋找牠們恐慌的跡象。**現在是怎樣？**她在心裡問牠們。**兩腳獸打算在這裡吃掉我們嗎？還是牠們會在這裡把我們餵給怪獸吃？**她活動著四條腿，隨時準備逃跑。

怪獸前面突然砰地一聲，害卵石光嚇了一跳。她再度蹲低，連鬍鬚都不敢抽動，這時她突然瞥見兩腳獸的頭顱，然後聽見牠巨大的腳掌重踩地面的聲響慢慢消失。怪獸動也不動。卵石光才慢慢放鬆下來，她心想牠八成又睡著了。**感謝星族老天！我還有逃跑的機會。**

雞隻各自在閃閃發亮的臥鋪裡小聲地咕咕叫。卵石光又咬了幾口那隻她宰殺掉的雞，然後起身，腳掌按住平臺側邊，環目四顧。

怪獸停在一條狹窄的轟雷路上，這條路橫穿大片的長草叢。不遠處，有一棟很大的兩腳獸窩穴聳立在一小簇小窩穴之間。太陽已經西沉，投出長長的影子。卵石光查覺自己一定是在怪獸的背上旅行了大半天。

卵石光最後一次小心探看四周，接著從怪獸上面跳下來。她本來以為牠會呼嚕嚕地醒來，追在她後面，但是牠沒動。她吁了好大一口氣，趕緊逃離怪獸，起初動作還偷偷摸摸，後來就大步跑了起來。

這條轟雷路是泥巴做的，怪獸的巨大黑掌把路面碾出很深的痕跡。希望像蝴蝶拍翅似地撲撲拍進卵石光的胸口，搞不好她只需要循著這些足跡往回走，就能找到鷹翅和她的族貓。

她沿著怪獸的泥巴足跡走了一會兒，試圖認出她一路被載過來時留意到的地標。但後來她才想到旅程最後一段她睡著了，可以被辨識出來的地標都在很遠的地方。這時這條轟雷路來到盡頭，併入一條更寬的轟雷路，卻看不到任何似曾相識的地表，她不由得氣餒喪志。堅硬的黑色路面上，有多頭閃閃發亮的怪獸呼嘯來去。而那頭載著雞隻的怪獸的足跡就消失在這條大轟雷路的邊緣。

卵石光從轟雷路邊緣退回來，一部分原因是她被來往怪獸辛辣的臭味給嗆得不行，於是她坐下來思考。跟著怪獸的足跡原路折返這件事已然無望。她從太陽的位置大概看得出來她該走的方向，但也知道光憑這一點仍不足以確保自己能與部族重逢。怪獸已經把她載到太遠的地方。她完全找不到任何熟悉的氣味可以追蹤。

一旦天色變暗，我就連可以幫我指路的太陽都沒了。

她環顧四周，尋找一些可以指引方向的蛛絲馬跡。這時卵石光突然瞄到遠處有棟兩腳獸窩穴，四周被蔓生的灌木林環繞，這使她想起大麥的穀倉。她的部族大約一個月前曾在那裡停留休息，享用乾草堆間的老鼠大餐。

「也許那兒的穀倉也有友善的貓。」她滿懷希望地自言自語。

她朝遠方的窩穴出發，同時也暗自期待住在那裡的貓能夠告訴她，哪一條路可以通到她跟族貓當時失散所在的怪獸營地，又或者可以指出天族貓一直在找的那座被部族貓定居的湖泊。

這個念頭促使她加快腳步。**等鷹翅和其他貓也都抵達湖邊，我就能在那裡迎接他們，這樣一定很有趣。**

但卵石光很快就發現到這一點也不有趣。她甩甩頭，想到鷹翅在那漫長又疲憊的旅程裡，一定會一路都在擔心她。

不，我必須先找到天族。

卵石光抵達穀倉時，太陽已經消失，天空只剩幾縷霞光。她在暮色中快步穿行，滿心期待著等等就可以大啖鮮美的鼠肉，就像上次在大麥的穀倉那樣，想著想著她竟開始流起口水。

卵石光繞過林子，一路用跑得橫過最後一處開闊空地，這時後方突然傳來狗吠聲。她霍地轉身，瞄見一條棕色的大狗朝她奔來，舌頭垂在外面，那條毛茸茸的尾巴正不停揮舞。

那瞬間，卵石光愣在原地。狗就夾在她和林子之間。她應該想辦法繞過牠，爬上樹幹以策安全？還是應該直接衝向穀倉？結果她兩件事都沒做，反而蹲下來，將毛炸開，發出挑釁的嘶吼聲。

「嘿，快滾，你這個蠢蛋！」

響亮的喵聲從穀倉方向傳來。令卵石光驚訝的是，這條狗竟緊急煞住腳步，用後腿盤坐下來。牠氣喘吁吁，不停抽動耳朵，看起來好像很不好意思的樣子。一隻體型嬌小的黑貓從卵石光後方大搖大擺地走出來，目光來回盯著她和那條狗，綠色眼睛帶著興味。

「嗨，我的名字叫蟲子，」陌生貓大聲說道。「別擔心小兔。他沒有惡意。」

一時片刻，卵石光只是驚訝地瞪大眼睛。**狗也有名字？而且還叫小兔？**

「我叫卵石光。」她終於說道。

「這名字有點繞口，」蟲子評論道。「妳的屋伴沒有幫妳取一個短一點的名字嗎？」

這是戰士封號！卵石光心想道，毛跟著炸了開來。**我以這名字為榮！**但這時她突然驚駭地意識到，她是不是被載到離部族領地很遠的地方，遠到這隻貓連部族的名號都沒聽過？**我最好別表現出被冒犯的樣子，**她心想，**尤其我現在很需要她的協助。**

「我沒有兩腳獸……我的意思是屋伴。」她語氣溫和地回答。

蟲子驚訝地眨眨眼睛，但沒多說什麼，反而朝小兔走過去，然後伸出一隻腳掌親切地推推他。後者的尾巴重擊地面，但仍然坐著不動。

看來蟲子和小兔是朋友。我沒辦法想像竟然有貓會跟狗做朋友。這是怎麼回事啊?!

卵石光還是不太相信那條狗，目光始終盯著他。

「妳想進來穀倉嗎？」蟲子對卵石光喵聲道，同時友好地甩動她的尾巴。

卵石光把目光從狗身上移開，感激地垂下頭。「謝謝妳。」

「我讓小兔起來可以嗎？」蟲子問道。「我保證他不會傷害妳。」

卵石光猶豫了一會兒。這條狗的體型大到足以一口吞下她和蟲子。而她只有這隻陌生貓兒的口頭保證說牠並不可怕。**他看起來不像會攻擊我的樣子……**她提防地想道。她想起以前遇過的那些狗，全都眼神狂亂、淌著口水、邪惡地咆哮，但是小兔看起來傻呼呼的。即便如此，卵石光的肌肉還是繃得死緊，隨時準備一有威脅，就趕緊開溜。

最後她勉強地微微點頭答應。於是蟲子轉身過去，抬頭仰望小兔那雙水汪汪的棕色眼睛。「好了，你可以起來了，」她喵聲道。「但先別進穀倉，好嗎？」

小兔短吠一聲，站了起來，朝林子的方向晃了過去。卵石光驚訝地目送他。「他怎麼知道妳在講什麼？」她問蟲子。

嬌小的黑貓微微聳肩。「喔，我們兩個出生之後就一起住在這個農場裡，」她回答。「我們只是很懂彼此。走吧。」她轉身朝穀倉走去。

卵石光跟在後面，仍然一臉茫然。**我猜對了，他們是朋友……我一定要跟鷹翅說這件事！**但她心裡突然空落落的，想起自己現在恐怕沒辦法告訴鷹翅，也許得等上很長一段時間才行。

等到她穿過半開的門鑽進穀倉，聞到香甜的乾草堆裡所散發出來的鮮美鼠味，她的疑惑便自動消散了。卵石光忘了自己還沒得到對方允許，差點就要衝上去狩獵，她趕緊停下動作，尷尬地舔舔胸毛。

「請自便！」蟲子邀她自己動手。「這裡有超多老鼠——而且都很肥。」

外頭的天色漸暗，穀倉裡只剩一點光線，但卵石光還是看得到這裡眾多的乾草堆，就跟大麥的穀倉一樣。空氣裡充斥著尖銳的吱吱叫聲。卵石光匍匐前進，瞄到乾草堆邊緣的葉片正在抽動，聽見小爪子搔抓的聲響，她倏地撲上去，腳掌朝一隻肥胖的老鼠拍下去。這是她這輩子最輕鬆的一次狩獵經驗。

卵石光進食的時候，蟲子就坐在旁邊陪她。「我沒在這附近見過妳。」她說道。

卵石光搖搖頭，匆忙吞下一口鼠肉。「我來自很遠的地方，」她告訴黑貓。「我在找我的部族——也就是跟我一起住的那些貓。我最後一次見到他們是在某個兩腳獸窩穴裡的一座怪獸營地裡。妳知道有什麼地方符合我剛剛的描述嗎？」

蟲子看著卵石光，似乎完全不懂她在說什麼。「怪獸的營地？」她問道。「那是什麼？」

卵石光的心一沉。**妳不只沒聽過部族貓……連怪獸也不知道？**「妳知道怪獸吧？」她滿懷希望地問。「就是嗓門很大、身上很臭，有黑色圓形腳掌的傢伙？」

「喔，那個啊！」蟲子點點頭。「我知道妳的意思。但營地是？」

「就是一大群怪獸睡在一起的地方。」卵石光解釋道，並盡量不讓自己的尾尖不耐地抽動。

蟲子緩緩搖頭。「我從沒見過有一、兩頭以上的怪獸聚在一起。我想妳口中的那個營地可能不在這附近。」她還疑惑地抽動了一下鬍鬚。

恐懼攫住卵石光的心。自從她和鷹翅及族貓失散後，她到底跑了多遠？**感覺好像坐在怪獸裡頭旅行了很長一段路，但如果這隻貓幾乎沒見過什麼怪獸，那就表示這段路途一定比我想像的還要長。**「那妳認識任何部族嗎？我是說成群的貓？」她問道，同時盡量保持語調的平靜。「他們住在一大片水域的旁邊。」

這次蟲子更是斬釘截鐵地說不認識。「我從沒在這附近看過任何『部族』。」她說得很篤定。「我沒有見過很多貓。我見過的都是其他的農場貓或家貓。這附近也沒有很大片的水域。」

卵石光的爪子深戳進穀倉的泥地裡。「我一定得找到我的部族！」她語氣絕望地說道。

蟲子用尾尖輕撫卵石光的腰腹，想安慰她。「先把妳的獵物吃完，」她提議道。「再好好睡上一覺。到了早上妳就會好過多了，然後又是全新的開始。」

卵石光長嘆一聲。「謝謝妳，蟲子，妳真好。」

等卵石光吃完和梳洗完之後，就在馨香的乾草堆上面做了臥鋪，蜷伏在上面。蟲子也在她旁邊安頓下來。卵石光本來以為她會焦慮到睡不著覺，但實在太累了，眼睛很快便闔上。

在我懷孕前，我從來不曾這麼累過，她迷迷糊糊地想，然後就陷入了夢鄉，夢見自己正在林子裡尋找鷹翅，但什麼也沒發現，只聞得到他隱隱約約的味道，或者瞥見矮木叢裡有尾巴正在拍打。

等她醒來，天光已經從敞開的門扇和高牆上方的缺口斜射進來。外頭急切的狂吠聲吵醒了她。卵石光跳起來，甩掉身上的乾草屑，四處張望。蟲子不見了。卵石光緩步走向那扇門，將頭探出去，竟看見黑色母貓正在和小兔扭打。大狗用牠的巨大腳掌將她壓制在地，蟲子的四肢無助地揮舞。

卵石光嘶聲大叫，繃緊全身肌肉，準備救助她的新朋友。**我就知道這條狗不能信任！**她告訴自己。**狗和貓怎麼可能當朋友！**

但卵石光還沒動作，蟲子就從小兔的腳掌下爬了出來。小兔低下頭，他們兩個像小貓一樣互蹭著鼻子，接著蟲子跳上狗背，小兔卻故意癱軟，翻滾在地，蟲子趕緊跳開，以免被他壓扁。

他們……是在打鬧嗎？好奇怪喔……卵石光心想道，同時甩甩頭。也許有些狗和貓真的可以當朋友，但不管怎麼樣，她還是不想靠近小兔。

蟲子瞄到卵石光，立刻離開小兔，朝她跑過來。「嗨，」她喵聲道。「妳好嗎？妳想再去狩獵嗎？我們可以一起去喔。」

「謝謝，這主意不錯。」

卵石光跟蟲子一起鑽進乾草堆裡，她一聽到黑色母貓給的信號，就開始繞行，緩緩朝乾草堆的邊緣探近。蟲子則走反方向。在她們的通力合作下，逐步將獵物趕出藏身處，不消多久，驚慌失措的吱吱尖叫聲和疾走聲證明了她們的策略奏效。最後有兩隻老鼠幾乎同時衝出來，卵石光撲上離她最近的那隻，蟲子則爪子一揮，宰了另一隻。

「成績不錯喔！」蟲子大聲說道。

卵石光在黑色母貓旁邊蹲下來進食，有那麼一瞬間，她幾乎以為自己在跟族貓一起狩獵，心裡頓時湧現一股失落感。

「我真的很感謝妳讓我在這裡住一個晚上，」她吞下最後一口鼠肉，嘆口氣說道。「但是我得走了。」

「也許妳應該留下來，」蟲子提議道，綠色眼睛充滿關切。「想待多久都可以。我看得出來妳懷孕了，一想到妳得獨自旅行，我就很擔心。」

卵石光很訝異對方竟然光看她外表就知道她懷孕了。當初她堅持爬上那頭載著雞隻的怪獸時，還以為自己的肚子沒那麼明顯。她突然感到自責。

也許我當時真的太逞強，太冒然行事了。

有那麼一瞬間，她心想乾脆留下來算了。畢竟這裡可以遮風蔽雨，也有充足的食物，還有蟲子這位朋友。這是一個可以讓她的小貓安全出生的地方。但她知道這不可能。**我不能在沒有鷹翅的情況下生下我們的孩子，至少我現在還有時間和體力去找他和我的部族！**這比什麼都重要。

「不行，我得走了。」她重覆道。「謝謝妳，蟲子，但是我的小貓正是我不能再待下去的原因。我一定要讓我的小貓成為部族貓，出生時有親屬陪伴在身邊。我已經規劃好了。」她接著說。「我必須找到路回去我伴侶貓的身邊，我相信他也在找我。」

蟲子一路陪著她朝那條轟雷路折返，小兔始終保持距離地跟在後面。

「那就再見了。」蟲子喵聲道，這時她們已經站在惡臭的黑色路面旁邊。她用鼻頭短暫碰觸卵石光的肩膀。「我希望妳能找到妳的部族。」

「再會！」卵石光回應道。「蟲子，謝謝妳為我做的一切。願星族照亮妳的前路。」

蟲子聽到卵石光的最後一句話，表情疑惑。但卵石不想再多作解釋，**那會花太多時間。**

卵石光先檢查一下太陽的位置，確認方向是對的，然後就出發了。她再次回頭，揮動尾巴道別，看見蟲子優雅的黑色身影坐在轟雷路旁，旁邊是龐然的小兔。

一頭怪獸反方向地疾奔而過，捲起的大風吹亂了卵石光的毛髮。她貼平耳朵，緊張地吞了吞口水。

牠們移動地這麼快，她心想，**而且我又待在那頭怪獸身上那麼久——久到睡了一覺醒來。天知道我到底來到多遠的地方？**

卵石光這時才恍然大悟眼前的風險有多大。就算方向是對的，也可能得花好幾個月的時間才能走到當初跟天族失散的地方。

這表示只有一個方法可以讓她及時回到天族那裡，讓小貓出生時有族貓相伴。

我得再爬上另一頭怪獸。

第三章

卵石光沿著轟雷路緩步前進，她弓起肩膀，蓬起毛髮，抵禦細細的毛毛雨。她慶幸自己生來具有天族貓厚實的腳掌，那是在峽谷岩石上下跳躍所練就出來的。她的肌肉也很強韌，她得意地想道。事實上，所有族貓都很強壯。他們被逐出峽谷時，雖然失去許多，但也獲得了不少。

而我獲得的不只是更好的體力而已，她告訴自己，心裡同時想到肚子裡的小貓。**梅子柳也是，她現在一定也快生了。**卵石光確信她們的小貓是星族承諾天族貓可以存活下去的證明。

這個領悟令卵石光更是下定決心要趕在小貓出生前回到部族那裡。**我必須爬上另一頭怪獸身上，但要怎麼上去呢？**

轟雷路上的怪獸不斷從她旁邊疾奔而過，其中有幾頭跟她的方向一致，但都移動得太快，她根本跳不上去。四周都是開闊的場域，沒有牠們可能會去睡覺的怪獸營地或窩穴。

卵石光幾近絕望之際，突然看見遠處有一簇兩腳獸窩穴。她頓時來了精神，加快腳步，終於走到兩腳獸地盤的外緣。

卵石光沿著窩穴走，經過幾頭怪獸，但牠們都在睡覺，有些就擠在兩腳獸窩穴旁邊的小臥鋪裡。牠們把自己完全封了起來，害她沒辦法爬進怪獸體內。

「鼠大便！」她嘴裡嘟囔。「這些怪獸都太懶了，除了睡覺，什麼事也不幹。」

終於卵石光瞄到一頭怪獸坐在轟雷路旁，方向也剛好跟她要走的一樣。看上去一點也不像上次有裝雞隻的那一頭，而且牠後面是敞開的。

卵石光往四周察看，怪獸裡面和窩穴附近沒有任何兩腳獸。她提防地悄悄走過去，暗自希望怪獸還在睡覺，她躡手躡腳地靠近，小心翼翼地再掃視最後一眼，然後迅速跳進牠的肚子裡。

怪獸的肚子裡面充斥著奇形怪狀的東西和各種奇怪的氣味：有形狀怪異的大石頭，還有顏色鮮亮的兩腳獸皮囊。卵石光在其中一堆大石頭底下找了一個空間擠進去，蜷伏起來，再用舌頭很快地舔乾被雨淋濕的毛髮。只希望怪獸的兩腳獸回來時，不會注意到她。

她焦慮到全身微微刺癢，但同時也多少有些亢奮，就像當初跳上那頭怪獸去獵捕雞隻的心情。

孩子們，我們就要出發了，她心想，但又告訴自己，**真希望這方法能管用。**

卵石光聽到怪獸體外傳來兩腳獸重踏的腳步聲，頓時繃起全身肌肉。突然間，一個黑影森然逼近怪獸背後，接著原本敞開的開口就被砰地關上了。她差點忍不住尖叫出聲，但強自忍了下來。

我被困在這隻怪獸裡面了！

她的害怕瞬間變成驚恐，因為有兩個大兩腳獸和一個小兩腳獸也爬進怪獸裡，牠們互相喵聲說話。小兩腳獸坐在一塊石頭的上面，卵石光就藏身在那塊石頭底下，距離近到只要卵石光伸出腳掌，即可碰到牠。

怪獸醒來了，牠先咳了幾聲，然後隆隆吼叫，接著開始移動。卵石光盡可能壓低身子，保持靜止姿態，連鬍鬚都不敢抽動。至少就目前來看，牠們是往正確的方向前進。

但過了一會兒，小兩腳獸突然發出很大的聲響。卵石光嚇了一跳，只能強迫自己不要出聲。她本來搞不清楚那聲響是怎麼回事，直到小兩腳獸又來了一次，她才明白牠是在打噴嚏。**可憐的小東西，牠一定是病了，**卵石光心想道，**也許牠需要去看兩腳獸巫醫。**

過了一會兒，她身子滑了一下，腳爪摩擦著堅硬的地面，原來怪獸突然急轉彎，反方向前進。**不行！讓我出去！**卵石光很想大聲吼叫，但她知道兩腳獸聽不懂。**要是牠們發現我在這裡，那就麻煩了。我得想個辦法逃出去。**

可是怪獸速度愈來愈快，而且根本沒有任何開口讓卵石光鑽出去，就算她找到開口，冒然跳出去也太危險。

小兩腳獸還在不停打噴嚏，公的兩腳獸轉頭過來跟牠說話。卵石光聽不懂牠在說什麼，但牠的語氣聽起來很疑惑。小兩腳獸也只是用另一個噴嚏回答牠。現在牠的噴嚏似乎怎麼樣都停不下來。

兩個大兩腳獸開始互相對話，牠們的聲音很焦慮。接著怪獸突然一陣抖動後停了下來。兩個大兩腳獸推開怪獸腰側的開口爬了出去，母兩腳獸低頭查看卵石光上方的石頭，擋住了逃生之路，她只好試著往更小的空間鑽進去，但沒有用，母兩腳獸突然指著她驚聲尖叫。卵石光瞥向小兩腳獸逃出去的那個開口處，但已經被關上了。

喔，星族老天！完了！牠們發現我了……我被困在這裡了！

公兩腳獸繞到怪獸後面，卵石光以為牠要把後面打開，嚇得毛都炸了開來。她繃緊全身肌肉，準備隨時跳出去。她完全不知道要是兩腳獸逮到她，會對她做出什麼，不過她確定一定不會是什麼好事。

怪獸的背板被往上打開，公兩腳獸探身進來想抓住卵石光，但她速度快到兩腳獸根本抓不到。她縱身一躍，只感覺到兩腳獸伸長的手爪從她身上刷拂而過，便這樣逃走了。

卵石光的腿因為在怪獸裡面彎曲得太久而有點抽筋，但仍逼著自己快步跑離轟雷路，鑽進轟雷路旁分散座落的陌生兩腳獸窩穴。她確定兩腳獸正在追她，但等到她終於停下腳步喘口氣時，才發現已經沒有牠的蹤影。

卵石光顫抖地鬆了口氣，試著搞清楚自己現在身在何處，才好想辦法去她想去的地方。她站在一片草地上，剛好就在某兩腳獸窩穴的外面，四周放眼所及，全都是其他兩腳獸的窩穴。這裡的景致或氣味對她來說全然陌生。

這是什麼地方？

卵石光這時才驚覺她連要如何回到那條轟雷路上都不知道，更別提找到回去部族的正確方向了。雨已經停了，但雲層還在，所以她沒有辦法從太陽的位置來確定路線。當下她被絕望吞沒，這裡的一切她全都不認得。

我是不是搞砸了？那頭怪獸是不是把我載到更遠的地方了？卵石光的心情無比低

落。顯然她再也沒辦法靠搭乘怪獸的方法回到天族，因為根本沒辦法預測牠們會往哪個方向前進。**但路途這麼遙遠，我怎麼可能一路走回去呢？**

卵石光提起精神，決定不被這些幽暗的恐懼擊倒。**沒關係，我可以辦到的，我是戰士！**剛剛的逃跑之舉讓她的胸口仍在劇烈起伏，於是她在草地上坐下來沉澱思緒。

自從她被怪獸載走，與鷹翅和族貓失散之後，已經過了一兩天。卵石光知道他們會等她回去，但也知道他們不會永遠等在那裡。他們必須繼續尋找其他部族居住的那塊水域，那是天族存活下去的唯一希望。

我的小貓必須在部族裡出生，卵石光憤憤不平地想道。

這時，一道惱怒的嘶聲從離她最近的兩腳獸窩穴傳來。卵石光倏地轉頭，看見一隻毛茸茸的灰色母貓從離地面很近的小開口裡朝她衝了過來。對方站得筆直，出聲咆哮。

「這是我的地盤，」她嘶聲道。她是一隻大貓，炸開的毛使她體型變得更為龐大。「妳不屬於這裡，快滾……或者去別的地方。」

卵石光站起來。通常她都跟族貓一起併肩作戰，但她知道自己對付得了這隻寵物貓，不管對方有多凶惡。可是她現在身心俱疲，不想打架。

「我只是路過。」她喵聲道，然後轉身離開。

「對，快走開，膽小鬼。」灰色寵物貓呸道。

卵石光霍地轉身，原本不想打架的念頭頓時消失。**我是天族戰士，任何寵物貓都不可以這樣對我說話！**

她喉嚨深處發出怒吼，昂首闊步地走向寵物貓，滑出利爪，挑釁地將頸毛全炸了開來。**我會讓她明白什麼叫做戰士——還有戰士是怎麼格鬥的！**

寵物貓陡然緊戒地瞪大眼睛，後退一步，好像沒料到卵石光會回頭挑釁。就在卵石光走到足以揮爪攻擊的距離時，另一個聲音響起。

「摳摳，別惹她！妳沒看到她懷孕了嗎？」

卵石光瞥了寵物貓後方一眼，只見兩隻年輕的寵物貓——一隻很瘦的黑白色母貓和一隻橘色公貓，從草地另一頭跑過來，擋在卵石光和摳摳中間，一邊趨近一邊斥責灰色母貓。

「妳有什麼毛病啊？」

「妳就不能友善一點嗎？」

摳摳憤怒地嘶聲回嗆。「我才不想跟你們這些跳蚤貓當朋友呢！」她大聲說道，同時又後退幾步，然後轉身衝向她的兩腳獸窩穴，消失在很小的門裡面。

黑白色母貓朝卵石光點頭招呼。「不好意思喔。」她喵聲道。

「對啊，」橘色公貓接著說。「希望摳摳沒有嚇到你。對了，我叫美祿，她叫橄欖。」

卵石光一想到這兩隻寵物貓試圖保護像她這樣經過完整訓練的戰士，便忍不住想笑，但是強忍住。她覺得他們挺可愛的——個頭也就比小貓大一點，所以並不打算打擊他們的自尊。

「我叫卵石光，」她回答，並很有禮貌地垂頭致意。「謝謝你們的幫忙，但我真的沒事。那隻貓有什麼毛病啊？」

「喔，妳是說摳摳啊！」橄欖不屑地抽動耳朵。「她向來尾巴一點就炸。妳確定妳沒事嗎？」她接著說道，尾巴輕拂過卵石光的腰腹。「妳餓了嗎？妳可以過來跟我們一塊吃東西。」

「我們的屋伴有很多食物，」美祿附和道。「還有水，離這裡不遠。」

卵石光搖搖頭。「不用了，謝謝。我真的不想走進兩腳獸窩穴裡。」

橄欖和美祿不解地互看一眼，似乎無法想像卵石光為什麼對進入他們的窩穴這麼排斥。「兩腳獸？」橄欖語氣困惑。「妳是指屋伴嗎？妳沒有自己的窩穴嗎？」

我曾經有……一個很漂亮的窩穴，就在峽谷裡，卵石光甩開思鄉之痛，不讓自己耽溺於過往時光。但其實不管怎麼樣，這都並非橄欖的本意。「沒有，」她回答。「我是部族貓，我們不跟兩腳獸住在一起。」

兩隻寵物貓又互看彼此，顯然還是不解。卵石光發現那種恐懼又回來了。**我到底是被載離了多遠啊？怎麼都沒有貓知道部族是什麼。**

最後美祿聳聳肩。「好吧，」他喵聲道。「不然妳至少讓我們告訴妳可以到哪裡找水喝吧？」

他這麼一說，卵石光才發現自己真的好渴，活像嘴裡都是沙子。**就算四周註定都是連聽都沒聽過部族的寵物貓，**她心想，**但至少他們肯幫忙。**「喔，拜託你們告訴我！」

「跟我們來吧。」橄欖告訴她。

兩隻寵物貓穿過草地，沿著轟雷路走了一會兒，然後蠕動身子鑽過一道兩腳獸的籬笆。卵石光跟在後面鑽進去，才發現進到了一處更開闊的區域，這裡的草更長更粗，有一條窄徑蜿蜒穿過灌木叢。雲層正在散開，微弱的陽光在潮濕的枝葉上閃閃發亮。卵石光聽到遠方有小兩腳獸玩耍的嬉鬧聲。

「走這邊。」美祿帶隊沿着斜坡往下走到一條涓滴流淌岩間的小溪。卵石光鬆了一口氣，在溪邊蹲下來，滿懷感激地舔著冰涼的溪水。

「謝謝。」她終於喵聲道，同時坐直身子，甩掉鬍鬚沾上的水滴。「這正是我需要的。」

「還有什麼我們可以幫妳的？」橄欖問道，同時不安地瞪大藍色眼睛。

「沒有了，我……」卵石光愈說愈小聲。她一直覺得希望渺茫，很清楚自己離部族非常遙遠——遠到她再也無法確定方向。但這些寵物貓顯然對這附近很熟悉。**他們可能從來不曾離開自己的窩穴太遠**，她還記得她在問到怪獸營地時蟲子當下的反應。**所以這些寵物貓可能也不知道，但仍值得一試。**「我在找一座怪獸營地，」她開口道。「就是一處很大的地方，地上鋪著跟轟雷路一樣的黑色材質，上面也有幾棟兩腳獸的窩穴，其中一邊長滿整排的灌木。這附近有像這樣的地方嗎？」

「嘿，我們知道有個像這樣的地方耶！」美祿大聲說道。

橄欖熱切地點頭稱是。「離刀獸那裡不遠，我們生病的時候，屋伴會帶我們去刀獸那兒，」她向卵石光解釋。「還有就是……呃，其他時候。」

卵石光驚詫到就像有塊岩石憑空砸在她頭上似的。「真的嗎？」她回答，心情無比雀躍。**也許我很快就能再見到鷹翅**。「你們能告訴我怎麼過去嗎？」

兩隻貓疑惑地互看一眼。「直接帶妳過去會比較簡單。」橄欖說。「可是很遠欸，我們得在外面過夜。」

美祿用前爪刨抓草地。「而且如果我們不見了，屋伴會很緊張。」

「拜託你們，」卵石光懇求道。「我一定要回去那裡。我的族貓——我是說我的朋友們，都在等我。」

「呃……我們的屋伴一個晚上沒有我們陪，應該還活得下去啦。」橄欖回答道，一臉企盼地看著美祿。「我的意思是，至少我們有屋伴來保護我們的安全。妳卻什麼也沒有，而且妳還懷孕了！」

該謝謝……你們嗎？卵石光心想道，但不確定該怎麼說。**我寧願跟族貓在一起，也不想跟屋伴為伍**，但寵物貓似乎決心要幫她，所以卵石光盡量讓自己看起來很受鼓舞的樣子。

「來吧，美祿，」橄欖對她朋友說道。「我們已經擁有這麼多了……幫忙卵石光至少是我們能做到的！再說，這就像在冒險一樣耶！」

橘貓遲疑了好一會兒，然後瞪大雙眼發出興奮的喵嗚聲。「好吧，我們跟妳去。」他承諾道。

第四章

「我們應該先吃東西，」橄欖喵嗚道。「吃多一點，路上才不會太餓。」

「吃這種事，我向來樂此不疲！」美祿喵嗚，同時用舌頭舔舔嘴巴。「還有我們應該去跟我們的屋伴道別。」

「妳確定不要跟我們一起吃嗎？」橄欖問卵石光，鬍鬚不安地抽動著。「如果妳不吃，哪有辦法撐過一個晚上啊？」

卵石光看見年輕貓兒這麼關心她，只好藏起好笑的神情，「不用了，謝謝，我會在路上狩獵。」她回答。

「真的假的？」美祿語氣聽起來對她很是刮目相看，但眼神帶著疑慮。「妳確定？」

「很確定。」

雖然兩隻寵物貓看上去對卵石光的決定還是不太認同，但仍原路折返，爬上斜坡，從籬笆底下鑽進去。卵石光放慢腳步跟在後面，剛好看到他們穿過一個像摳摳當初鑽進鑽出的小洞，消失在最近的窩穴裡。

她在一株灌木叢安頓下來等候他們，但又興奮到難以安坐，她沿著草地邊緣來回踱步，很想知道自己是否真的能再見到族貓。

我終於知道該往哪裡走了。我只希望這些寵物貓真的曉得怪獸營地在哪裡。

兩隻寵物貓還沒回來，太陽已近西沉。卵石光只覺得等待似乎沒有盡頭，不免納悶對方是不是改變主意了。最後兩腳獸窩穴的大門終於開了，美祿和橄欖跟著一頭母兩腳獸一起出現。卵石光趕緊低頭藏進灌木叢底下偷看，只見兩腳獸穿過花園走到草地邊緣摘取顏色美麗的鮮花。

也許那些是兩腳獸的藥草，卵石光興味盎然地想道，**難道她是兩腳獸巫醫？**

美祿和橄欖親暱地穿梭在兩腳獸的腳下，直到牠彎下腰摸了摸他們。這幅景象令卵石光渾身起雞皮疙瘩。**打死我也不要跟兩腳獸靠那麼近！**

終於兩腳獸回到窩穴裡。兩隻寵物貓等到牠走了，才從花園的另一頭跑過來，到灌木叢底下找卵石光。「好了，我們現在可以走了。」美祿說道。他若有所思地環顧四周，然後用尾巴指著一個方向。「走這裡。」

他啟程穿行在灌木叢裡的一條小徑，但橄欖沒有跟上去。「你確定？」她問道，同時懷疑地瞥向另一個方向。

美祿停下來，很誇張地嘆口氣。「我們就是從這裡去找刀獸的，妳這個沒腦的毛球。」

橄欖猶豫了一下，然後抽動耳朵。「好吧，那你帶路。」

卵石光心頭一沉。**他們真的知道在哪裡嗎？他們兩個的意見看起來不太一樣！**可是跟著寵物貓是她唯一的選擇了，她只好壓下心裡的疑慮。**還是值得一試**。

他們決定好方向之後，寵物貓就信心滿滿地帶路穿過轟雷路邊緣的長草叢，這條轟雷路就蜿蜒在兩腳獸地盤上。卵石光一聞到怪獸辛辣的臭味，忍不住皺起鼻子。

「我們得一路沿著轟雷路走嗎？」她問道。

「很抱歉，一定得這樣走。」美祿回答。「幾乎全程都要這樣走。這是我們唯一知道的路，因為我們的兩腳獸都是走這條路帶我們去刀獸那裡的。」

卵石光點點頭，接受了對方的理由。她心想，至少寵物貓很年輕，體力又好，腳步穩健，他們不怕離開窩穴，也不會因為累了，就要求休息。

不是所有寵物貓都很弱不禁風，她提醒自己，同時想起天族的那些日光戰士。不過她還是很訝異，這兩隻寵物貓從未接受過部族訓練，但耐力竟然不錯。他們甚至輕鬆自在到還能在路上追逐蝴蝶，沿路打打鬧鬧，甚至在樹根間翻來滾去。卵石光看他們互相揶揄，彼此打趣，心情也跟著好了起來。

「所以妳是住在……怪獸營地裡，對嗎？」過了一會兒，橄欖甩掉身上的殘屑，開口問卵石光。「聽起來有點可怕。」

「怪獸是很可怕，但我不是住在牠們的營地裡。」卵石光嘆口氣，突然又想起以前座落在壘壘岩塊間的那個老家，難免心傷。「我和族貓正在旅行。我們以前住在峽谷裡，就在一條溪流的旁邊。」

「部族是什麼？」美祿問道。

卵石光解釋了一下她和族貓的生活方式，他們是如何訓練彼此，如何學會格鬥和狩獵，又是如何互相照顧。「我的部族叫做天族。」她最後說道。

「聽起來好厲害喔！」美祿大聲說道。

「那妳小貓的父親呢？」橄欖問道。「他也是妳部族裡的成員嗎？」

卵石光點點頭。「是啊，這也是為什麼我一定要回去找他們的原因。」

「他叫什麼名字?他是一隻什麼樣的貓？」橄欖的問題源源不斷。

「他叫鷹翅，」卵石光回答，哪怕與伴侶貓失散的痛苦不斷折磨她，但過往美好的回憶還是讓她的聲音變得溫暖。

「他是全部族最優秀的貓。」

「他是你們的族長嗎？」

「還不是，」卵石光告訴他。「但也許有一天會……」

橄欖眨眨眼睛，看起來若有所思。「我真希望我們也能成為部族的一員。」

「這其實並不簡單。事實上，最近天族過得很辛苦。」卵石光停頓一下，想起當初跟暗尾的過節，以及最後不得不離開峽谷的下場，心情不禁悲痛。

「很遺憾聽到這些，到底發生了什麼事啊？」美祿問道，耳朵好奇地朝她的方向傾斜。

「有一隻很惡劣的貓跑來假裝是我們的朋友，最後竟然奪走了我們的家園。」卵石光緩緩說道。她不想深入去談寵物貓聽不懂的那些細節……而且她也不想再多費神去回想往事，峽谷生活的那段回憶對她來說仍然痛徹心扉。「當時情況很艱難，我們不得不留下一些族貓，自己出來尋找新家園。」

橄欖的眼裡滿是同情。「你們沒有地方可去嗎?也許你們可以過來跟我們一起住。

有一位女士住在離我們有幾棟屋子距離外的地方，她養了好多貓。我相信她一定會接納你們……」

卵石光神情溫暖地看著她。「橄欖，妳真好心。但是部族貓通常不跟兩腳獸來往，我們喜歡為自己負責。部族生活有時很艱辛。」卵石光提醒她。「不過我想妳和美祿都能成為很棒的戰士。」

「可是我們不能離開我們的屋伴，」美祿堅稱道。「要是沒有我們，牠們該怎麼辦？」

「當初我們住在峽谷時，」卵石光喵聲道。「有些族貓是日光戰士。意思是他們白天在峽谷生活，跟著我們一起狩獵和訓練，晚上就回到他們的兩腳獸那裡。」

美祿熱切地甩著尾巴。「這太完美了！」

「那天族要去哪裡呢？」橄欖問道。「我是說，如果你們不能回去峽谷的話。」

「我們要去找一座湖，」卵石光解釋道，心裡在想要如何跟這些寵物貓解釋回颯曾看到的異象。「我們部族有非常聰明的貓可以跟我們的祖靈溝通。其中一隻貓看到的異象告訴她，我們應該到湖邊住。」

她本來以為會聽到更多提問，卻沒想到橄欖和美祿看起來很滿意這個答案。橄欖目光熱切地看著她。「我希望你們能找到。」她溫柔地說道。

「謝謝妳。」卵石光點點頭。「我也希望。」**比妳想得還要急切。**

他們邊聊邊走，卵石光這時發現太陽已經落到地平線下方，在路上投下長長的影子。「還很遠嗎？」她問道。

就在這時候，美祿大聲說道。「我們快到了。」有條窄徑直直穿過兩棟兩腳獸窩穴中間，美祿沿著小徑蹦蹦跳跳，卵石光和橄欖緊隨其後。「越過這座山丘就到了。」橄欖氣喘吁吁地說。

三隻貓遠離兩腳獸巢穴後，迎面而來的是一處綠草茵茵的開闊坡道，通往一座與天空相互映襯的山脊。卵石光心臟跳得厲害，彷彿隨時會跳出胸膛。**也許我的部族還在那裡等我！也許我馬上就能見到鷹翅了！**

卵石光從兩隻寵物貓中間擠過去，衝上斜坡。她登上坡頂，卻突然停下腳步，活像撞上一面石牆。

她低頭看著那座怪獸營地——不是她在找的那一座。它的面積比她跟部族失散所在的那座還大，周圍牆面是紅色，不是灰色，而且那一排灌木叢應該是蔓生的荊棘和幾棵矮小的樹才對。她覺得好像離自己的部族更遠了。

「他們在這裡嗎？」橄欖爬上坡，氣喘吁吁地站在卵石光旁邊。「你的朋友在這裡嗎？」

卵石光搖搖頭。她很想為自己的淒涼處境大聲痛哭，但還是設法壓抑下來，用平板的語調回答。「沒有，這不是我在找的地方。」

「真的假的？」美祿剛爬上坡頂，就聽到卵石光這樣回答，於是大聲說道。「可是妳的描述聽起來很像這個地方。看仔細一點，妳確定嗎？」

卵石光又看了山下一眼，然後凝視著他的眼睛。「美祿，我確定。這裡跟我描述的內容一樣，但不是我當初跟我朋友失散的地點。」

美祿看著地面，橄欖則是朝卵石光跳過來，同情地蹭著她的面頰。

「卵石光，我真的很抱歉！」

「我不怪你們，」卵石光回答。「是我要求你們帶我來怪獸營地的，你們也做到了。就算地方錯了，也不能怪你們。」

美祿上前一步，兩隻年輕貓兒從兩旁各自依偎著卵石光試圖安慰她。卵石光只覺得整顆心空蕩蕩的，她不知道接下來該怎麼辦。

「也許我們應該先睡一覺，」橄欖過了一會兒提議道。「馬上就要天黑了，到了早上，視野搞不好就會清楚多了。」

卵石光喃喃附和，**就算我睡上好幾個月，眼前的一切也不會變得更清楚。但是我不想害橄欖難過。**

「我真希望我的屋伴現在就出現在這裡餵我東西吃，」美祿喵聲道。「我的肚子叫得好厲害喔。」

「我來幫你們狩獵。」卵石光馬上提議道。

「喔，不用了，妳不必這樣做。」橄欖反對。「妳才剛受到打擊，需要多休息。」

「狩獵可以幫助我緩解情緒，」卵石光很堅持。她不確定這是不是真的，但她知道她必須先暫時放過自己，才能再度打起精神消化眼前看似徒勞的一切。她在兩隻寵物貓面前，已經快瀕臨崩潰邊緣。

而這是我最不想要的結果，畢竟他們花了那麼大的功夫想幫我。但他們不可能會懂我此刻的心情有多絕望。

通往怪獸營地的那道斜坡比他們剛爬上來的坡要來得不那麼陡，路上零星點綴著灌木叢，還有不時隆起的突岩。卵石光先讓寵物貓待在一叢金雀花底下休息，才潛行離開去找獵物。

太陽已經西沉，暮色降臨。起初卵石光只聞到怪獸辛辣的臭味，但等她繞過怪獸營地邊緣，朝荊棘和矮樹叢走過去時，就開始聞到老鼠和松鼠的氣味痕跡。

她很清楚狩獵的本能和技巧正在幫助她擺脫愁雲。當她偵測到荊棘叢邊緣的瓦礫上有肥美的松鼠正在活動時，她感覺得到腳掌又像以前那樣微微刺癢，於是蹲伏成狩獵姿勢，偷偷走過去，全神貫注在獵物身上。

就在卵石光幾乎快走到撲跳的定點時，一陣微風突然拂來，將她的氣味飄送到松鼠那裡。獵物趕忙坐起來跳開。卵石光撲了上去，但伸長的前掌只撞上空無一物的地面。松鼠朝最近一棵矮樹逃過去。卵石光追在後面，但還沒抓到，牠就竄上樹幹，蹲在矮枝上，對著她齜牙咧嘴，活像在挑釁她。

你最好是敢！卵石光心想道，**我可是天族戰士**。

她一躍而上，伸爪勾住松鼠的尾巴，將牠從矮枝上硬拖下來。松鼠掙扎了一會兒，就被卵石光咬住頸要害，當場斃命。

卵石光氣喘吁吁，居高臨下地站在癱軟的屍體旁。「謝謝星族賜我獵物。」她喵聲道，但這念頭突然令她心上一驚。**祂們聽得到我的聲音嗎？**她離家這麼遠，離天族這麼遠。她甚至不清楚自己身在何處，**星族會知道嗎？**

她渾身打起寒顫。她剛剛曾暫時忘卻的煩惱，但現在又排山倒海地朝她襲來。以前在峽谷時，她會把松鼠帶回生鮮獵物堆，可是峽谷裡現在已經沒有營地，她得獨自吃完這隻獵物，而且也不知道自己離族貓多遠。

真希望鷹翅有看到我的捕獵成果，我就可以跟他一起分享。

她強迫自己拋開憂傷，折返回寵物貓的所在。夜色逐漸暗沉，他們一看到她帶回來的獵物，兩雙眼睛就不由得發亮。

「哇，好大隻喔！」美祿大聲說道。「妳剛剛抓到的？」

「妳一定是很厲害的狩獵貓。」橄欖接著說道。

還算可以啦，卵石光心想道，為自己陶醉在寵物貓的讚美中感到一點羞愧。「我們一起吃吧。」她喵聲道，同時將獵物丟到她朋友的腳下。

橄欖和美祿面露疑色地嗅聞松鼠。卵石光只好鼓勵他們先咬一口再說。「試試看吧，真的很好吃。」她吞下一口，滿嘴松鼠肉地含糊說道。**很難想像會有貓不喜歡吃生鮮獵物！**

美祿先嚐嚐味道，然後是橄欖，他們都輕咬了幾口。「味道……呃……還不錯。」橄欖很有禮貌地低聲說道。

「我想你們應該是不太喜歡，」卵石光回答，同時藏起驚訝的表情。**我還從來沒見過有哪隻貓不喜歡吃鮮美多汁的松鼠肉。**她頓時又感到孤單，就和她剛剛狩獵時的感覺一樣。她是這裡唯一的部族貓，搞不好也是這附近唯一的部族貓。「真是遺憾。」

「我們也很遺憾，」美祿告訴她。「尤其妳花了那麼大功夫才抓到。但我們真的還是比較喜歡吃屋伴幫我們準備的那種食物丸，它不會有那麼多……毛。」

等兩隻寵物貓勉強吃了一點之後，就在灌木叢底下蜷伏起來睡覺。卵石光久久無法成眠，她抬眼看著頭頂上方閃閃發亮的星族戰士。**如果我看得到祂們，祂們也能看到我，**她心想道。我從小在峽谷就看得到祂們，直到現在還是一樣掛在天上。**只要祂們還在那裡，我就不孤單。星族一定會幫我和我的孩子找到天族。**

卵石光終於睡著，醒來時太陽已經出來，而且還發現橄欖和美祿早就在她旁邊梳洗毛髮。

「我們得回家了，」美祿喵聲道。「如果妳願意，可以跟我們一起回去。」

「我相信我們的屋伴會很歡迎妳的。」橄欖補充道。

卵石光搖搖頭。「不了，但謝謝你們，我必須繼續尋找我的部族。」

「那過來待一陣子就好，」橄欖勸她，同時把尾尖伸過去碰觸卵石光的肩膀。「這樣妳的孩子才能在安全的地方出生。」

卵石光差點就心動了。總有一天橄欖和美祿一定可以成為很棒的日光戰士。也許她可以跟他們待在一起，就像他們說的，待到小貓出生為止，然後再去找天族……**他們甚至可以陪我一起去**。但這時她才想到這根本不可能。她離部族這麼遠，美祿和橄欖絕對不會離開他們的屋伴，旅行到那麼遠的地方。而且她的小貓如果是以寵物貓的身分出生，可能就不會想離開了。況且她能不能被允許跟她的小貓住在一起，又是另一回事。她記得日光戰士說過的故事，他們說兩腳獸會把小貓從母貓身邊帶走，讓母貓再也見不到小貓。**不行，我的小貓必須是部族貓**，她暗自發誓。

「不了！」她語氣堅定地說道。「你們真的對我很好，但我必須讓我的小貓在部族裡出生。你們對我的幫助我無以言謝。」

兩隻年輕貓兒顯然不願意離開她，但最後還是說了再見，並邀請她如果有空回到這裡，一定要來找他們。卵石光站在坡頂，目送他們跑下坡道。到了兩腳獸地盤的邊緣時，他們再度轉身，揮動尾巴向她最後一次道別，然後就消失在兩腳獸的窩穴之間了。卵石光看著他們離開，不由得輕嘆口氣。

等他們走了，卵石光把剩下的松鼠肉吃完，然後又坐了一會兒，這時太陽已經爬到兩腳獸地盤上方。她知道她必須繼續往前走，但得先決定方向才行。正當她坐在那裡的時候，突然感覺到肚子裡有奇怪的騷動，她驚訝地深吸一口氣，才恍然大悟這是她小貓的第一次胎動。

她突然被一種不知道從哪兒冒出來的奇怪感覺給淹沒，彷彿能就此篤定她的小貓一定會沒事。**他們是天族的未來，他們有自己的天命。星族一定會確保他們可以找到回部**

族的路。

可是卵石光知道她要找到天族的機會渺茫。就算她能找到方法回到和族貓們失散的地方，他們也已經不在了。為了整個部族著想，葉星一定會作出繼續前進的決定。卵石光知道她現在只剩一個選擇。她不知道天族現在在哪裡，但她知道他們會去哪裡。

我必須找到那座湖——也就是其他部族居住的地方。

一想到此，疲憊的感覺排山倒海而來。但當她站起身子，抬眼望著天空時，她知道她的祖靈仍在那裡，祂們就在那明亮的日光後方看著她。

我已經靠自己走這麼遠了，她心想，**我比自己想像的還要堅強，我一定會找到他們！**

第五章

卵石光停下腳步，張開下顎嗅聞空氣。她站在另一塊兩腳獸地盤外緣的一小片稀疏林子裡。雖然所有感官幾乎被兩腳獸和怪獸的臭味淹沒，但她還是聞得出來附近的鳥兒氣味。

自從卵石光與橄欖和美祿道別之後，已經又快過了一個月，現在的她愈來愈大腹便便。小貓的重量讓狩獵變得日益困難，不過與此同時，她也變得愈來愈擅長單獨狩獵。

決定要狩獵的她此刻蹲了下來，開始朝氣味的方向悄悄過去。沒多久，她就看到一隻肥美的鴿子棲在樹枝末端，似乎對卵石光正朝牠鬼鬼祟祟靠近一無所覺。卵石光停下腳步測試風向，發現風向是對的，她在鴿子的下風處。

要是我抓準時機，不發出聲音，小貓和我應該能夠飽餐一頓。

卵石光最後一次真正飽餐一頓是在第二座怪獸營地抓到松鼠的那一次。自那之後，她就只零星吃些老鼠和地鼠，但她希望能多補充點營養。

要是我還跟天族在一起，鷹翅和其他戰士一定會確保我有足夠的食物。但是他們不在這兒，我只能靠自己，我辦得到的！

卵石光來到鴿子的底下，完全沒有驚擾到牠。她知道在小貓出生之前，她那向來厲害的跳躍動作恐怕再也無法施展。於是她改弦易轍，小心翼翼地跟鴿子反方向地從樹幹後面爬。可是等她爬到跟鴿子棲身的那根樹枝一樣高的位置時，才驚覺那根樹枝太細，若是踩踏上去，小貓和她的重量加在一起，樹枝一定很快斷裂，根本沒機會撲上去。

卵石光往上瞥了一眼，瞄到上面有根樹枝比較結實，於是再往上爬，冒險踏了出去，打算往下跳躍，偷襲獵物。但就在她剛走到獵物正上方的那個點時，樹枝突然被她的重量壓垂下去，葉影瞬間掃過鴿子身上。

鴿子警覺地放聲大叫，展翅飛離，正滑過附近一棟兩腳獸小窩穴的屋頂，卵石光本能地飛撲上去，利爪刷過鴿子翅膀的羽毛，但還沒來得及抓住，就跟著鴿子一起摔落屋頂。撞擊力道之大，她當下差點喘不過氣來。她翻滾一圈，伸爪去逮獵物，卻感覺到屋頂被她的重量壓陷。她驚恐尖叫，爪子胡亂扒抓，最後壓垮單薄的屋頂，跌了下去。

那瞬間，卵石光驚恐到完全不確定發生了什麼事、自己跌進了哪裡。她蹲伏在她摔落的地方，緊閉雙眼，呼吸急促。

驚魂未定、還在顫抖的她最後睜開眼睛，發現自己掉在一堆稻草上以及某種柔軟的兩腳獸皮囊上。她的心跳得厲害，很擔心肚子裡的小貓，於是縮起身子，直至察覺到他們仍在她隆起的肚子裡動來動去，才長吁口氣，低聲說道：「謝謝祢們，星族。」

她決定振作精神，於是蹣跚起身，環目四顧。鴿子早已不見。天光從屋頂的破洞灑進來，她才看到四周牆壁都是用粗糙木條搭建，牆上有個小窗。牆面四周堆著各種形體陌生的東西，這裡好像是存放兩腳獸雜物的地方，卵石光這樣想道。

好吧……那我要怎麼出去？

卵石光緩步走向那扇門，用後腿撐起身子，伸出前掌去推，但門動也不動。屋頂上方的破洞太高了，她跳不上去，沒辦法從那裡逃走。她也試了兩、三次想跳上那扇窗，但是她肚子太大，身手變得笨拙，不像以前那樣有很好的彈跳力。而且就算窗上的透明石板有裂縫，她也沒辦法將它打破。這裡完全沒有出路，連個老鼠洞也沒有。

小小的窩穴布滿灰塵和蜘蛛網，這等於是在告訴卵石光，兩腳獸很少來此。就算終於等到有誰來了，能夠讓她出去，恐怕也為時已晚。卵石光一想到她可能被困在這裡，生出小貓，然後母子一起餓死，渾身不寒而慄。

她形單影隻。從這裡根本看不到星族，也感受不到祂們的指引。突然間，她的無助感前所未有地強烈。

要是鷹翅或我的族貓在這裡，就會知道我失蹤了，然後來找我，卵石光淒涼地想道，**那我就不會這麼慘，但是這裡只有我一個，我跟我的小貓一點機會也沒有。**

又累又喪氣的她蜷伏在稻草堆裡睡著了。可是沒多久，她就覺得身體異常暖和，有貓正在舔她耳朵。她驚詫地睜開眼睛，看見鷹翅正站在她旁邊。

不可能……這不會是真的吧？

「你得起來，」他喵聲道，同時推著她，幫助她站起來。

如果我能感受到他，那他一定是……卵石光緊挨著她的伴侶，尾巴和他的交纏，她開心喵嗚，好希望能永遠這麼開心。這時鷹翅挨得更近了，他的氣味在她四周縈繞，彷彿滲進她的毛髮裡，為她注入力量。**他死了嗎？所以是從星族那裡跟我溝通嗎？**可怕的思緒充斥她胸口，**可是他身上沒有星光啊……他看上去的樣子就跟我那天離開時一模一樣！這到底怎麼回事？**

鷹翅後退一步。「卵石光，妳還有事要做。」他告訴她。卵石光環目四顧，發現其他族貓也在，不禁鬆了口氣。有副族長蜂鬚、巫醫貓回颯、微雲、和馬蓋先，以及站在後面的其他貓，只是有些模糊而已。帶頭的是族長葉星，正用那雙琥珀色眼睛以慈愛的目光欣喜地凝視她。他們四周圍繞著怪異的光，緩緩往外擴散，直到填滿窩穴的所有角落。

「我在做夢，對嗎？」卵石光問道，聲音透露著失望。就連鷹翅的觸摸和味道都是夢裡的一部分！本來她還以為鷹翅和她的族貓真的來救她了。

鷹翅點點頭，捲起尾巴，圍在她肩膀上。「對不起，」他喵聲道。「真希望我能陪在妳身邊。」

「自從坐在怪獸後面被載走之後，我就一直在想辦法回到你身邊。」卵石光脫口而出，語氣充滿恐懼，也懊惱自己的無能。「但我沒辦法靠自己的力量辦到——我做不到！」

「妳可以的，」鷹翅的語氣堅定，語帶鼓舞。「卵石光，妳必須要做到。我們的小貓是有天命的，他們的未來就掌握在妳掌間。該做什麼就去做。」

「可是要怎麼做呢？」卵石光哭號。

「妳得保持冷靜，」鷹翅喵聲道。「把問題想清楚，記住，星族永遠與妳同在。」他低下頭，又舔了舔她的耳朵。「朝日落之處走去，」他低聲道。「回到我身邊。」

隨後光線開始消散。「不，別離開我！」卵石光倒抽口氣。「別走！」

但是沒有用。夢境正從卵石光身邊褪去，如同用爪子捕捉霧氣一樣徒勞。鷹翅和其他族貓都不見了。卵石光醒了過來，發現自己依舊還在滿布灰塵的窩穴裡。

再次感受到的失去令她心痛。**剛剛到底是怎麼回事？是溝通？還是異象？**卵石光知道自己沒有異能，她不是巫醫貓。除此之外，她突然有個悲觀的念頭，如果剛剛看到的那些貓現在都在星族了，那就表示他們一定出事了。

那只是一個夢。

但鷹翅說小貓有天命，這句話言猶在耳。**我願意相信我的小貓對部族的未來很重要……難道是因為這樣，我才夢到鷹翅對我說這番話嗎？**

無所謂了，她心想，真正重要的是在做這個夢之前，她原本以為自己死定了……但現在她相信她可以找到方法出去。**我必須出去，為了我的小貓……也為了我自己。一定有方法可以逃出去，我必須逃出去，我一定可以想出辦法。**

卵石光更仔細地打量窩穴四周，瞄到有根長棍子靠在牆上，另外還有一根有許多突齒的棍子跟那根棍子的其中一端重疊固定在一起。卵石光不懂兩腳獸拿這東西要做什麼，但看起來好像正是她所需要的。她沿著牆面小心推動它，直到棍子末端抵住那扇有裂痕的窗。

卵石光蹲下來，盯著棍子良久，盤算該怎麼做才好。她試著跳上棍子的末端，也就是有突齒的地方。她一跳上去，棍子另一頭就會彈起來，拉開一點跟窗戶的距離，但只要她跳下來，它就會彈回去，用力撞上那塊透明的石板。

太好了！

一開始，卵石光只能讓棍子輕輕敲打玻璃，但等她彈跳得更用力時，撞擊力道就變大了，最後終於敲出小裂縫。她繼續跳上跳下，跳到都快沒力了，裂縫也變愈來愈大，開始往四面八方擴散。最後，等她確定自己再也跳不動時，透明石板竟有一小塊掉了出去。她又趕緊再跳一次，這次當棍子撞到窗戶時，好多透明塊狀物跟著掉出去，形成一個大到足以讓她鑽出去的缺口。

「我辦到了！」她大聲歡呼。

更棒的是，這根長棍子仍倚著窗戶，於是卵石光把它當樹枝一樣爬上去。她攀上窗戶，小心翼翼地從洞口鑽出去，免得被尖銳的邊緣刺到。外面地上散落著許多閃閃發亮的碎片，卵石光只好繃緊全身肌肉，用力往前一蹬，跳到透明碎片的範圍外。

她安全落在柔軟的草地上，自信頓時像沁涼清澈的冰水流遍她全身。「小貓和我一定會成功。」她喵聲道。「我可以獨力辦到，我足夠堅強。」

謝謝你，夢中的鷹翅，謝謝你提醒我要相信自己，她靜靜地補充道，**現在我知道自己一定能找到我的部族。**

第六章

卵石光費力爬上一座山丘的頂端，隨即癱在長草叢裡稍事休息。自從她從那棟兩腳獸小窩穴逃出來之後，已經又過了好幾天，從那時起，她就一直在長途跋涉。

卵石光在一塊晒得到陽光的地方放鬆自己，任由思緒飄回前一天。那天她遇到一隻陌生的黃色公貓，叫做樹。

由於她快生了，因此樹會在夜裡陪著她，幫她提防掠食者。他真的很好心。因為有一隻正在狩獵的狐狸跑來找他們麻煩，他們費了很大的力氣，並使出所有格鬥技巧才將牠驅離。

那天早上，卵石光邀樹跟她一起找天族，並向他保證天族一定會很歡迎他。但是樹拒絕了。他堅持要當獨行貓，不管卵石光怎麼勸他，說有其他貓可以互相倚靠是一件多美好的事，樹還是不肯改變心意。

卵石光最後只能遺憾地與樹道別，但她仍擺脫不掉一種感覺，總覺得他們之間的命運相互交纏。「也許我會再見到他，」她自言自語。「不過這得由星族來決定了。」

自從那場夢境過後，卵石光就一直朝太陽下沉的方向前進，就像鷹翅在夢裡告訴她的一樣。她還是不確定他的訊息來自何處，但至少讓她逃出了那間小窩穴，所以她完全相信他給的訊息。自那天以後，她的進展就相當不錯，只是現在肚子愈來愈大，拖慢了她的腳步，而且也變得愈來愈容易疲累。

再過不久，我的小貓就要出生了，她心想。

卵石光好希望回颯和斑願能陪在她身邊，告訴她方向走得對不對，還有多久就要生下小貓，而且這種想望已經不是第一次了。她一想到自己得在沒有巫醫陪產的情況下獨自生下小貓，恐懼就像一隻冰冷腳爪緊緊攫住她。她現在能做的就是堅信她看到的鷹翅和其他族貓不是一場夢，是星族真的在幫她。

卵石光準備再繼續往前走，她抬起頭環顧四周。從山丘上的制高點遠眺，眼前的景致一覽無遺。這時卵石光興奮地倒抽口氣，她瞄到了遠處粼粼閃爍的水光。卵石光開心到肚子裡就像有翅膀拍打一樣，但她試著不讓自己太過樂觀。畢竟這並不是她在旅程中第一次看到有水的地方，可是到現在都還沒找到任何部族。

這時起了一陣風，是從水光的方向朝卵石光吹拂過來。她嗅聞空氣，隱約聞到貓的氣味。她眨眨眼睛，有些不解。那不是天族的氣味，而且她離那片水域很遠，不可能從這裡聞到任何貓的氣味啊。

再說，這味道不太一樣。它很冰涼，就像乘著夜風和星星前行的貓兒氣味。**星星！對了！**

「星族，是祢們嗎？」卵石光問道，聲音微微顫抖。她離自己的部族太遠了，而且她知道自己不是巫醫貓，可是也許，此時此刻，以及她的夢裡，星族一直都在找方法傳遞訊息給她？「祢們真的在這裡嗎？」

沒有回應，也看不到星族戰士的蹤影。奇特的氣味又縈繞了她一會兒，才慢慢消散。但卵石光此刻已不再對自己的下一步有任何疑慮卵石光站起來，往山下出發，朝那片水域前進。雖然它很快就從視線裡消失，但她還是繼續走在她心裡篤定的那個方向上。她的腳掌不斷催促她前進，哪怕身懷六甲，她仍盡可能加快腳步，但最後還是為了狩獵停下來。

我必須為我的小貓保持體力，她心想，哪怕此刻的她浮躁不安，很想盡快趕到那片水域。

她在山腰上星羅棋布的其中一叢金雀花旁停下來，耳朵朝它伸了過去，隱約聽到細微的騷動，伴隨很濃的老鼠氣味。她伸舌舔了舔嘴巴，滿心期待這隻肥美的獵物。

正小心潛行的她想起老鼠會在聽到或聞到她之前，先察覺到她腳掌的震動聲，於是卵石光在灌木外緣的枝葉底下低下身子，發現獵物正在啃一粒種子。她後腿一蹬，來一個近乎貼地的長躍，兩隻前掌重擊老鼠，牠甚至來不及慘叫就一命嗚呼了。

「感謝星族恩賜獵物。」卵石光大聲說道，然後低頭咬了一口。**也謝謝祢們一路上指引我，**她默默地說道。

飽食後她再次啟程。突然，她的肚子一陣劇痛，只好停下腳步，先喘口氣，放慢腳步再繼續走。可劇痛再度襲來，一次又一次，卵石光終於明白這是怎麼回事。

我要生了！

只是卵石光全身下上都在抵抗這件事實。她拚了命地想趕在小貓出生前回到家——回到鷹翅身邊。如今星族給了一個徵兆，導引她至可以找到其他部族的地方。此刻的她只想繼續前進，直到抵達那片水域為止。

可是看來我的小貓另有打算，她自嘲地想道。

卵石光盡可能往前挺進，但那種痛愈來愈密集，最後只能接受自己再也走不下去的事實。她現在必須找個安全的地方來生小貓。

她往轟雷路走去，怪獸的怒吼聲、刺鼻的氣味，再加上牠們飛快的速度和發亮的外表，害她一時之間竟無法集中精神地思考接下來該怎麼辦。

喔，星族，這不會是你們的意思吧！

這時卵石光留意到轟雷路因陡峭的斜坡而被架高，離四周環境高出幾條尾巴的距離。而斜坡底部有個幽黑的洞，離她所在位置不遠，並有草坡往那裡斜傾而下，直通到洞口。卵石光小心翼翼地緩步趨近，發現那個洞其實是某種地道的開口。迎面撲來一股潮濕發霉的味道，但沒有其他生物的氣味。開口處被兩腳獸架設的條狀物擋住，但縫隙還夠寬，能讓她鑽進去。

「我真的要進去嗎？」卵石光反問自己。

這時陣痛又來了，痛到卵石光當下明白自己沒有別的選擇。她沒有時間再找其他地方了。至少她可以期待這地道安全無虞又能遮風蔽雨。

卵石光朝邊坡下面走去，再從地道入口的條狀物縫隙鑽進去。四周都是霉味，地上潮濕的石子很滑溜。卵石光涉水走進深處，寒氣從腳掌爬竄上來。

她在幽暗的光線下急切尋找小貓的安身之所，終於在地道的其中一側看到一處隆起的地方，才拖著身子蹣跚過去。這裡腳下的石子不太平整，表面都是碎片殘屑，但至少是乾的。

「就這兒吧！」她上氣不接下氣地側躺下來。「孩子，我們只能這樣了。」

卵石光的陣痛一波接一波。她感覺得到自己的肌肉不斷縮張，身體正試圖把小貓推出來，但什麼也沒有。她已經忘了自己到底在隧道裡躺了多久，滲進洞口的幽光已經消失，獨留她在黑暗中。可是她的小貓還沒生出來。

「喔，星族，請賜給我力量！」她咬著牙哽咽說道。

「來，」卵石光感覺到她肩膀被一隻腳掌按住，她抬頭看見是一隻淺黃色公貓站在面前，並將一根棍子推給她。「疼痛來時，咬住棍子。」他喵聲道。

「可是你……」卵石光才剛開口問，陣痛就來了，瞬間將她淹沒。她死命咬住棍子，直到疼痛慢慢消失。

「你是誰？」她趁自己還能說話時趕緊問道。她眨眨眼睛，看著黃色公貓，後者正用長長的尾尖揉搓她的腰腹。「你不可能是巫醫貓，這裡不會有啊。」

「這不重要，」公貓回答，聲音溫暖親切。「來吧，再用力一點，妳就快生出小貓了。」

「我已經很努力了……」卵石光愈說愈小聲，因為她突然想到地道這麼暗，她怎麼可能看得到黃色公貓。這時她留意到公貓腳下和他的鬍鬚末端都有微微的冷光。

「喔……」

陣痛又來了，痛到卵石光都以為自己的肚子要爆開了。她緊緊咬住棍子，就在這一片混亂當中，她聽到公貓的聲音。「做得很好，卵石光！是一隻小母貓喔。」

公貓把一小坨正在蠕動的東西朝她輕推過來，卵石光頓時滿滿的驕傲，母愛也瞬間爆發。她低頭舔舔小貓濡濕的毛髮，這時陣痛又來了，她感覺得到第二隻小貓正從她身體裡滑出來，掉到砂地上。

「又是一隻小母貓，」公貓大聲說道。「結束了。卵石光，妳辦到了。」

「她們好漂亮……」卵石光低聲道。

她把兩隻小貓圈起懷裡，急切地舔著她們，直到毛髮被她舔得又軟又蓬。其中一隻小貓是黑白花斑色，另一隻像鷹翅一樣是灰色的。

「謝謝你幫……」她開口道，抬起頭來正要跟公貓說話，卻發現那隻神祕的貓不見了。**也許他是我想像出來的**，她心想道，但心裡其實很清楚對方太真實了，而她當時又太需要他了，不可能是想像的。

卵石光沉浸在喜獲新生兒的喜悅裡，以至於沒再多想那隻前來協助的星族貓。她累壞了，而且痛感還在，只是她的喜悅和母愛滿溢到就像新葉季的池水泛濫一樣。

兩隻小貓擠到卵石光懷裡開始用力吸奶，發出很小的啜吸聲，還不時用柔軟的腳掌拍打她。卵石光覺得自己的母愛快要炸開來。她知道為了這兩個寶貴的小東西，就算要她賠上自己的性命也在所不惜。

「小貓，我好希望妳們的父親也在這裡，」卵石光低聲道。「不過我知道等鷹翅見到妳們，一定會像我一樣愛你們。」

第七章

卵石光低下頭，輕輕舔著正在她懷裡吸奶的兩個女兒。自從分娩之後，已經過了幾乎一天。她們還待在地道裡，但她有趁小貓睡著時，外出收集足夠的青苔和葉子回來鋪成舒適的臥鋪。

她們好漂亮……歷經千辛萬苦，承受過椎心之痛的卵石光，此刻很是驚嘆自己的小貓竟如此強健。**我保證一定帶妳們回到天族，**她默默告訴自己。**妳們一定會以部族貓的身分長大，我不知道要如何辦到，但不管怎麼樣，我一定會做到。**

卵石光不記得自己上次進食是什麼時候的事了，她的肚子正咕嚕嚕叫得厲害。她知道自己必須維持體力，才能照顧小貓，為她們提供足夠的奶水。因此等小貓都吃飽，各自蜷成毛球睡著了，她才小心起身，不敢驚擾到她們。她很不想離開，於是回頭又看了一眼，才勉強自己走向地道入口。

「這就是當獨行貓麻煩的地方。」她暗自嘟囔。「就算剛生下小貓，妳還是得自己抓獵物。」

卵石光從隧道裡出來，便看見天空染上了紅霞，太陽已經下山。暮色正聚攏在轟雷路下方的山凹裡。卵石光站在邊坡底下，嗅聞空氣，怪獸眼睛射出的怒光不時掃過她身上。

沒多久，卵石光就聞到地鼠的氣味。她嗅嚐空氣，發現獵物在幾條尾巴外的地方。她潛行過去，終於瞄到那隻小生物。於是一個跳躍，前掌一揮，將牠宰殺，三兩下吞進肚子裡。

這隻地鼠太小了，無法完全止飢，但卵石光不想離開她小貓太久，打算晚一點再來找獵物吃。

但就在她要折回隧道時，突然聞到另一股味道，那味道濃到幾乎蓋過轟雷路的辛辣臭味。

是獾！

卵石光當場愣住，她緊張地轉頭，試圖查看入侵者在哪裡。那味道很新鮮，所以一定在附近。終於，她看到了那副笨重的暗色身軀，對方頭顱上的白色條紋似乎正在暮色中閃著微光。

獾沿著邊坡笨重地朝她走過來，邊走邊把鼻口蹭進草叢裡。卵石光猜牠應該是在捕食鼻涕蟲或甲蟲，並沒有把鼻口朝上對準更大的獵物。卵石光蹲低身子，將自己盡量縮小，但目光仍緊緊鎖住那頭凶猛的生物。

起初她以為對方會無視地道入口，無害地走過去。可是就在獾經過地道時，裡面有隻小貓突然發出嚶嚶哭聲。

卵石光整顆心頓時驚恐地砰砰跳。**完了，我的小寶貝，你為什麼一定要現在醒來呢？**她知道獾有多孔武有力和邪惡，要是牠進去找到那床臥鋪，一定會攻擊小貓，甚至吃掉她們。

獾停了下來，轉過身去，提防地抬高頭，嗅聞空氣。牠體型太大，無法從欄杆中間鑽進入口。卵石光等了一會兒，暗自希望欄杆夠牢固，可以阻絕牠進去。但哭聲又出現了，這次更大聲。獾突然往前衝，撞上欄杆。卵石光聽到斷裂聲，好像欄杆快要倒下來了。

「不！」她尖聲大叫。

她衝向獾，撲了上去，利爪狠劃對方腰腹，隨即彈開。獾朝她轉身，表情驚駭。卵石光又朝牠跳過去，爪子劃過牠的肩膀。

獾憤怒嚎叫，似乎忘了地道裡哭號的小貓，轉而笨重地朝卵石光衝過來。她索性等牠跑到足以用強韌爪子攻擊她的距離時，再霍地轉身逃開，衝上通往轟雷路邊緣的邊坡。

她的心跳得厲害，等著獾跟上來，情緒驚恐但也攙著一絲亢奮。她為自己的體能與速度感到得意，這些戰士技能賦予她能拯救女兒們的力量。

牠太想逮住我，就不會再想到我的小貓了！

卵石光回頭瞥看，同時衝上轟雷路。這頭大野獸緊追在後，張大嘴巴，露出滿嘴森森尖牙。「來啊！你這頭跑不快的大肥鼠！」她奚落牠，「你沒辦法——」

卵石光的話赫然中斷，一道強光掃向她。怒吼聲在她耳裡充斥，她的腰側被猛力一撞，瞬間彈飛出去，她都還沒來得及發出哭號聲，整個世界就變暗了。

第八章

卵石光睜開眼睛，發現自己躺在轟雷路的堅硬路面上。四周都是刺眼的強光，她聽得到怪獸的聲響，牠的怒吼漸漸變成嘶啞叫聲。她試圖抬起頭來，但身上每寸肌肉都在劇痛。

兩腳獸的聲音在附近出現。卵石光想爬起來逃走，但是腿不聽使喚。沒多久一頭兩腳獸居高臨下地站在她面前。虛弱的卵石光想要掙扎，但沒辦法對抗正彎下腰來輕輕將她抱起來的兩腳獸。後者用一種很柔軟的東西裹住她，帶她朝最近一頭怪獸走去。

「不要！」卵石光絕望地大叫。「我要回去小貓那裡，放我下來！我必須回去小貓那裡！」

可是兩腳獸一個字也聽不懂。

卵石光想揮爪劃開兩腳獸那兩隻箝制住她的手爪，但是她被柔軟的東西包了起來，而且她沒辦法控制自己的四肢。兩腳獸帶她進了怪獸肚子。卵石光用盡最後力氣想要掙脫，但全身都在痛，她只能向黑暗屈服。她終於明白，**這一切的冒險始於一頭怪獸把我從鷹翅和族貓身邊帶走，如今又把我從小貓身邊帶走。**

她最後的感知是怪獸開始移動了。

卵石光感覺毛髮被太陽晒得暖哄哄的。她的鼻子聞到四周草木生長的氣味，不由得微微抽動。她不再覺得痛了。這本是種解脫，但她還是不敢掉以輕心。

不太對勁……我是怎麼了？

她眨眨眼睛，睜了開來，瞬間被陽光照得有些目眩。等她視線變清楚了，才發現自己是躺在綠油油的草地上，有隻貓正朝她彎下腰。卵石光倒吸口氣，認出對方是曾來協助她分娩的淺黃色公貓。

「是你！」她大聲說道。「我還以為是我想像出來的。」

公貓的眼裡閃著興味。「不，我是真實存在的，」祂回答。「我叫米迦，我是第一任天族巫醫貓。我很高興能在妳有需要的時候協助妳。」

第一任……卵石光驚詫地倒抽口氣。**他來自很久以前……就為了我？**

「有幾個朋友等著要跟妳打招呼呢。」米迦告訴祂。

祂挪到一旁，坐直身子。卵石光看見一群貓站在離她幾條尾巴外的地方。一隻英俊的薑黃色和白色花斑公貓走上前來，垂頭致意。「卵石光，歡迎妳。」祂喵聲道。

「比利暴！」卵石光當場喊出祂的名字，同時跳了起來。祂的已故導師看上去身強體壯，完全不是祂上次見到祂時被獾的利爪撕爛的悽慘模樣。「可是你——」

「死了，沒錯。」比利暴發出慈愛的喵嗚聲。「這裡是星族的領地。」

卵石光這才第一次留意到比利暴和其他等著跟祂招呼的貓身上都散發著冷光。

「所以我也死了？」她問道。祂低頭看自己的腳，卻沒見到閃爍的星光。

「沒錯，」一隻暗薑黃色公貓回答，銳利的綠色眼睛緊緊盯著卵石光。「妳還沒進入星族，我們是來歡迎妳去的。」

「銳爪！」卵石光低聲說道，立刻認出了對方是天族副族長，祂是在峽谷裡為了抵禦暗紋和他的惡棍貓才送命的。「暮掌，你也在這裡，」她轉頭看著一隻年輕的薑黃色虎斑公貓，接著又說道。「喔，暮掌，你看起來好極了！我很遺憾我們沒能把你從大火中救出來。還有彈火和小剪……我還以為我再也看不到你們了。」

那當下，卵石光除了欣喜於看到已故族貓平安幸福地住在星族以外，並無其他念頭。只是後來可怕的景象和聲響又重回她的腦袋：獾腳下那碩大又破壞力十足的尖爪；轟雷路上怪獸的強光和辛辣臭味；最糟的是，被拋下的小貓發出令她心碎的哭聲。焦慮不安宛若狐狸的利齒正啃蝕她的胃。

祂朝米迦轉身。「我的小貓！」祂大聲說道。「我必須回到我小貓身邊。她們獨自留在那裡不安全。」

「可是——」

「妳的小貓不會有事的，」米迦向祂保證。「過來這裡，我給妳看看。」

米迦揮動尾巴打斷她。「妳過來。」

卵石光不確定自己能否相信巫醫貓的保證，但還是跟著米迦穿過草地，來到一處有水池的坑地。米迦跳到水邊，再次揮動尾巴，示意卵石光過來找祂。

「妳看水裡。」祂等卵石光來到祂身邊時才這樣指示。

卵石光凝視水池深處。一開始祂只看到水草還有小鯉魚在水草之間穿梭來去的銀色身影。後來視線漸漸模糊，等又變得清楚時，祂發現祂看到了轟雷路，還有祂留下小貓的那條地道入口。

豔陽高照，卵石光一想到祂的小貓至少在那裡獨自待了一夜，甚至是更多天，便擔心到全身炸毛。

那當下，祂直覺自己或許可以跳進池子裡，靠這方法回到小貓身邊，但米迦伸長尾巴擋在祂胸前，攔住祂。

「不行，」祂輕聲說道。「妳看。」

卵石光凝視水深處，發現通往轟雷路的草坡出現動靜。兩隻年輕貓兒正緩步往下走，其中一隻是暗薑黃色公貓，另一隻是銀灰色母貓。卵石光倒吸口氣，總算放下心中大石頭，因為她認得出部族貓瘦長結實的身形，也很熟悉他們的巡邏步伐。從他們的年紀來看，應該還只是見習生。

「他們是誰？」祂問道。「他們不是天族貓，但他們是部族貓，對吧？」

米迦點點頭。「沒錯，他們是部族貓。他們會找到妳的小貓，帶她們回去部族。將來，妳的女兒會和天族重逢，她們會見到自己的父親——鷹翅。」

卵石光聽到這話很高興，不過也覺得自己的心好像碎了，因為祂終於明白自己再也回不到鷹翅身邊。

祂只好用小貓會知道父親是誰這件事來安慰自己，但祂還是不確定能否完全相信米迦預言的未來一定會成真。「我還是得看著她們，」祂抗議道。「她們有特別的天命，這是我在夢裡得知的。她們是我的小貓，我無法完全相信陌生貓兒會把她們照顧好。」

米迦低頭看祂，深如池水的目光似乎能夠理解她的擔憂。「是有方法可以回去。」祂終於告訴祂。

「怎麼做？」卵石光急切地毛都炸了開來。但巫醫貓似乎不太願意說。「快告訴我，我必須怎麼做？我願意賭上一切。」

米迦眨眨眼睛，看上去仍然舉棋不定。「妳只能當旁觀者。」祂最後說道。「妳的小貓看不到妳，也不知道妳就在她們身邊。妳所在乎的其他貓也都一樣看不到妳。那是一條寂寞的道路。妳確定這是妳想要的？」

卵石光一想到以後再也沒辦法親自哺育小貓，再也不能舔她們柔軟的毛髮或者教她們戰士守則，突然感到一陣悲涼。就算看到自己的小貓身處危險，也無法出手相救，一想到此，便不禁全身打起寒顫。但這都不足以讓祂改變心意。

「我當然確定！」她很堅持，爪子不耐地戳進地裡。**也許我還是能用某種方法幫助她們，就像米迦曾帶棍子給我一樣。**「我們就這麼辦吧。」

「如果妳現在離開，可能會有很長一段時間沒辦法回到星族。」米迦警告她。「也許妳應該像所有戰士祖靈一樣只是從星族這裡庇佑著妳的小貓。」

「我確定我要去。」卵石光再次說道。「我已經當獨行貓好一陣子了，為了照顧我的女兒，我可以忍受。我不要只是待在星族這裡看著她們。再說……」她補充道。「我的戰士祖靈知道他們心愛的貓在我們自己的部族會很安全。可是當年是其他部族將天族趕出森林，我憑什麼相信他們？我希望他們能公平對待我的小貓，可是我無從得知這一點。所以我想待在她們身邊，至少待到天族找到她們為止，待到天族抵達旅途終點，來到湖邊為止。」

米迦嘆口氣，終於點點頭，接受了祂的要求。「卵石光，妳很勇敢。」他喵聲道。

卵石光垂頭感謝祂的稱許。祂想起自己曾看著美祿和橄欖離開，決定繼續獨行……祂也記得祂在那棟小窩穴裡反覆敲打窗戶，還有當祂的腳掌再度觸踏草地時，油然而生的那股滿足。「如果說我在這趟旅程裡學到了什麼，那就是我可以靠自己去做必須該做的事。我希望我女兒也能學會這一點……成為部族一員固然重要，但懂得凡事可以靠自己，也是一件很重要的事。」

祂直起身子，抬起頭，揚高尾巴。「所以米迦，我該怎麼做？」

第九章

米迦與卵石光互蹭面頰，祂身後的比利暴大喊：「祝妳好運！」卵石光的其他已故族貓也都呼應祂的祝福，這時暮掌跳上前來，短暫與祂交纏尾巴，親暱地舔舔祂的耳朵。

「妳最後還是會回到這裡來的，」祂向祂保證。「我知道妳會的。」

老友的承諾令祂感到窩心，讓祂相信自己不會永遠在生與死之間踽踽獨行。「謝謝你，暮掌。」她低聲道。

暮掌退回星族貓那裡，米迦用尾巴示意。「妳上前一步，走進池子裡。」祂喵聲道。

卵石光堅定地走下草岸，冰涼的池水在腳下濺起，那一瞬間祂全身打起寒顫，然後開始泅水穿過綠色和銀色的漩渦，色彩在卵石光失去意識之前消失了，接著祂瞄到一個出口，於是開始往那裡游。拋開身後那覆了一層薄雲的藍色。然後下一刻，祂竟抵達了乾燥的地表，爬了上去。等祂出來後，才發現自己的腳竟然沒沾濕。

卵石光眨眨眼睛，環目四顧。祂就站在離那條轟雷路很近的草坡上，祂可以看到幾條狐狸尾巴外的那道邊坡，幽暗的地道開口就在邊坡裡。

祂的腳掌微微刺癢地催促祂走下坡道，進入地道去找祂的小貓。但祂還沒移動腳步，就聽到後方坡道遠處傳來兩隻貓的聲音。他們離祂太遠了，根本聽不到他們在說什麼，但聽起來好像正在爭執。

要是其中一個是鷹翅，祂心想，**也許我的族貓終於找到我了。**

卵石光轉過身去，硬生生嚥下失望的情緒，原來對方是米迦之前在水池裡給祂看的那隻薑黃色公貓和銀灰色母貓。他們朝祂的方向走下斜坡，祂趕緊低身躲到濃密的草叢後方，然後才想起活著的貓根本看不到祂。兩個陌生的見習生停在離祂很近的地方，彷彿祂只要伸長尾巴，便能觸到對方。卵石光發現自己很難相信明明他們距離如此之近，對方竟完全不知道祂就在這裡。

「鼠腦袋。」祂對自己嘟囔，隨即豎起耳朵聽他們在說什麼。

「我不認為沙暴指的不同路徑就是字面上的意思。」薑黃色公貓說道。「只是……」

卵石光一聽到沙暴這個名字，頓時興奮起來。**這是戰士才會取的名字！他們真的是部族貓！**

這個發現占據了祂大半的心神，以至於漏聽了薑黃色公貓後面的話。不過祂知道這兩隻貓似乎還在爭執。只是卵石光看得出來這個爭執不是什麼大問題，他們看起來像是朋友，所以絕對會合力救出她的小貓。

卵石光一想到祂女兒的救星已經近在咫尺，不由得開心喵嗚出聲。但過了一下，祂的毛炸了開來，因為銀灰色母貓竟朝祂轉身，表情疑惑。**她聽得到我的聲音嗎？**卵石光反問自己。**米迦可不是這麼說的！**

卵石光朝銀灰色母貓趨近。「往這裡，」祂在她耳邊低語。「走下草坑，你會在那裡看到那個幽暗的洞。」

一開始母貓沒有反應。**我必須吸引她的注意！**卵石光心急地想道。**不管怎麼樣，我都得引導她去找到我的小貓。也許我只要集中念力……**

祂全神貫注在那個地道上，想像自己正從柵欄中間鑽進去，在幽光裡向前行進，直到看到臥鋪。祂在腦海裡想像那兩隻小貓的畫面，一隻灰色、一隻黑白花斑色，她們挨在一起，嚶嚶地哭著求援。

快點！卵石光把祂的思緒導向銀灰色母貓。**她們需要妳。**

母貓甩甩身子，看起來很不安，好似感覺到有螞蟻在她身上爬。她看不到卵石光，但顯然有感受到某種東西。她蠕動著腳爪，往下瞥了斜坡一眼。

「你看！」她大聲喊道，而且沒等她同伴回應，就朝邊坡地道入口那裡衝了下去。

「妳在做什麼？」薑黃色公貓在後面喊道，惱火地蓬起全身毛髮，跟在後面追上去。「那裡看起來很危險耶。」

卵石光看到銀灰色母貓轉頭過來，對她朋友翻了個白眼。「你是腦袋進蜜蜂了還是怎樣？」她質問道。「你看，我們以前都是橫越轟雷路，但現在這裡有『不同的路徑』就在它底下。再加上它是在陰影裡。我們可以走這裡！」

薑黃色公貓看起來還是老大不願意。卵石光很想推他一把，但祂知道就算試了，他也不會有任何感覺。恐懼突然扭絞她的胃，她擔心他會不會說服他的朋友不要進入地道。

儘管公貓還有意見，那隻母貓也完全不聽勸。卵石光的希望被點燃，因為銀灰色母貓彈了一下尾巴，便鑽進地道入口的欄杆裡，消失不見了。薑黃色公貓遲疑了一下，嘆口氣，也跟了上去。

卵石光衝下斜坡，跟在後面進入地道。一開始祂聽不到任何聲音，只有那兩隻部族貓的說話聲，新的恐懼頓時攫住祂。

星族的時間流逝是不是不一樣？我離開多久了？

卵石光知道祂的小貓太小，若是沒有母親照顧，恐怕活不了多久。她們這時可能已經餓死在臥鋪裡，那祂之前的努力就都白費了。

就在這時卵石光聽見前方傳來小貓的哭聲，這才放心下來。那隻母貓沒留意到臥鋪，已經快步走過去，倒是公貓聽見了哭聲，停下腳步，豎起耳朵。然後又往前走，終於走到小貓那裡。

「喔，我親愛的孩子，妳們還活著！」卵石光低聲道。可是當祂從公貓背後望過去時，這才發現兩個孩子看上去都好瘦弱。雖然小貓還沒睜開眼睛，但似乎覺察到公貓的存在，全都朝他伸長脖子，發出痛苦的嚶嚶哭聲。

母貓沿著隧道一路跑回來找她的同伴。「怎麼回事啊？」她問道。「你為什麼——」這時她看到了臥鋪，話就中斷了，趕忙煞住腳步。「是小貓！」她大聲喊道。「她們的母親呢？」

卵石光渾身發抖。「我在這裡。」祂喵聲道。「我不會離開她們。」

灰色母貓瞥看四周，那當下，卵石光還以為她可能聽到祂的聲音。但是母貓的目光從祂身上掠過。「她們眼睛還沒睜開呢，」她繼續說道。「可能才幾天大而已。」

「她們好瘦喔，」公貓接著說。「我看得出來她們已經餓一陣子了。」

「我去找她們的母親。」灰色母貓沿著地道跑開，從盡頭的入口出去。卵石光聽見她在外面大聲呼喊。

等到她一走，薑黃色公貓就彎下身子仔細打量兩隻小貓，用腳掌觸碰她們小小的身軀，低頭將她們全身上下嗅聞一遍。他動作輕柔，看起來他的檢查動作背後有紮實的知識作為基礎。

他這麼年輕，不可能是巫醫貓吧，卵石光心想道，**但他看起來好像很有經驗……也許他是巫醫貓的見習生。**

最後公貓直起身子。「嘿，針掌，」他大聲喊道。「先別管她們的母親了。這些小貓需要進食。趕緊抓點東西來。」

感謝星族老天！卵石光鬆了口氣，心想還好這隻年輕貓兒夠聰明，看得出祂的小貓需要什麼，馬上就著手照顧她們。當他朝他的同伴大喊時，聲音裡頭帶著某種權威。**我的小貓需要有母貓餵她們奶，但在抵達部族之前是不可能喝到奶的。一些嚼爛的獵物可以幫忙她們撐到那個時候，也許到時一切就都沒事了。**

卵石光緩步經過公貓身邊，躺進臥鋪，圈住小貓。但祂知道她們感覺不到祂，也聞不到祂的味道。但不知怎麼回事，她們似乎能感受到祂的存在，因為小貓立刻停止哭泣乖乖躺好。卵石光低下頭，輕輕蹭著她們。

要是鷹翅能在這裡幫你們保暖就好了……

除了擔心小貓之外，卵石光一想到自己再也回不到鷹翅身邊，再也不能靠近他，與他一起互舔毛髮、感受他的體溫，便覺得心痛。

即便現在祂都還能想像鷹翅仍在怪獸營地附近空等祂帶著小貓歸來，或者正瘋狂地四處搜找，穿過兩腳獸地盤或者沿著轟雷路找，以為自己或許能找到祂。

祂以前總以為自己和鷹翅可以白頭偕老，自豪地看著他們的小貓長大，再看著小貓養育出下一代。但現在祂必須放棄這個夢，或者說放棄部分的夢了。雖然再也無法照祂想要的方式與鷹翅廝守，但沒有任何事情能夠阻止祂看顧自己的小貓。祂記得米迦說過祂走的不是戰士祖靈正常會走的路……不，祂要走出自己的一條路，就像一開始被載雞隻的怪獸帶走所展開的那趟旅程。而此刻就像當初一樣，祂很清楚自己並沒有走錯方向：祂就在小貓身邊，也在那兩隻年輕貓兒身邊，他們一定跟祂的命運以及祂部族的命運有密切的關連。

我也許再也見不到以前的家園，再也不能住在峽谷裡，再也無法跟族貓睡在一起，祂心想，**但是……我到家了，現在這裡就是我的家，孩子在哪裡，哪裡就是我的家。**

「我在這兒，」祂再度對小貓輕聲說道。「我保證我會陪著妳們。」

WARRIORS

貓戰士

樹的根源

Tree's Roots

特別感謝克萊瑞莎・赫頓（Clarissa Hutton）

本篇各族成員

姊妹幫

族長　月光：體型很大的灰色長毛母貓。

姊妹　白雪：藍眼睛、體型很大的白色母貓。

荊豆：體型很大的薑黃色母貓。

老鷹：金黃色眼睛，體型很大的薑棕色母貓。

冰：綠眼睛的母貓。

花瓣：溪流的母親。

麻雀：年輕的薑黃色白色花斑母貓。

日升：體型很大的黃色母貓。

風暴：體型很大的虎斑母貓。

煙霧：淺灰色母貓。

公貓　大地：黃色公貓。

蝸牛：灰色公貓。

泥巴：棕色虎斑公貓。

溪流：藍眼睛的虎斑公貓。

第一章

大地閉緊眼睛，試圖與草合而為一。他放緩呼吸，盡量照他母親月光交代的方法那樣全神貫注，讓自己清楚感受到四周的世界。

這應該不難吧，他心想。

他的耳朵好癢。大地不耐地用他那有六根趾頭的腳掌抓了抓。他的胃正咕嚕咕嚕叫著，但他逼自己甩開黎明到底過了多久的那個念頭，因為他最後一次進食就是在那時候。**專心點**。他嚴厲地告訴自己，同時想起月光的教誨。**與草合而為一，與腳掌下的土地合而為一**。他有感覺到細細的草根在土壤裡伸展開來嗎？他全神貫注。**我能聽見草在跟我對話嗎？不行，我聽不到**。他的耳朵還是很癢，現在就連鼻子也在癢。大地打了個噴嚏，倏地睜開眼睛。

他朋友溪流在他旁邊不安地動來動去，眼睛半閉著。

「我沒辦法專心，」大地抱怨道。「我好餓。」

溪流抽動著他的虎斑尾巴，將眼睛睜大一點看著他。「我也沒辦法專心。」他承認道，然後又接著說：「可能是因為你的毛色像太陽那麼鮮黃耀眼……害我什麼都看不到！」他誇張地瞇眼看著大地，最後忍不住爆笑出聲，大地瞬間撲上他的背，將他撞倒在地。

兩隻小貓在草地上翻滾，嬉鬧地互相揮爪。最後溪流跟大地扭打在一起，壓住他的背。大地後腿一蹬，將小虎斑貓踢開，結束了這場打鬧。

「你個頭小，力氣還蠻大的。」溪流說道，同時站起來，甩甩身子。

大地對他皺起眉頭，「我個頭才不小，」他喵聲道。「我只是……比姊妹幫多數的成員個頭小一點。」

他隱約不安地察覺到，雖然他跟溪流一樣已經四個月大，但明顯個頭比這隻長腿虎斑公貓和自己的手足來得小。**不管我父親是誰，一定也比較小隻，**大地心想道，然後低頭看著自己那幾隻長著亮色毛髮的腳掌，**而且毛還是黃色的。**

「你說得沒錯，」溪流抱歉地說道。「一個月前你就比兩掌獸地盤上那些永遠長不大的小貓來得大多了，他們還說他們已經六個月大了。」

「對啊。」大地說道。他用舌頭舔舔毛髮，在溪流旁邊坐下來，遠眺下方的山谷。天氣暖和，陽光普照，草地上到處長著蒲公英和毛茛。他聞得到獵物的味道，還有熟悉的姊妹幫氣味。山腰下，低矮濃密的灌木叢附近就是育兒室，他看到他母親月光一本正經地在跟姊妹幫的另外兩個成員說話。其中一個是溪流的母親花瓣，正順從地對月光交代的事情點頭回應，隨即快步離開。

大地嘆口氣。他真希望月光能多花一點時間指導他和溪流如何利用冥想來與腳下的草和土壤溝通。要是她確實告訴他們這些聲音聽起來像什麼，或許他就會知道該怎麼聽見它們。可是她總是那麼忙。**領導姊妹幫的責任重大，**他提醒自己。

和風徐徐，拂亂他的毛髮，他深吸一口氣，聞到來自山谷後面林子裡香柏和松樹的氣味，以及附近河流沁涼的味道。

「我喜歡這裡，」他告訴溪流。「比兩掌獸地盤的那座花園好多了。」他和溪流是在一座搖搖欲墜的石製糧倉旁雜草叢生的兩掌獸花園裡出生的，並在住了兩個月，那裡有很多遮風避雨的地方，只是屏障育兒室的那叢玫瑰花經常扎到他的腳掌。而且在那裡大家都會一直斥責小貓，要他們安靜點，免得引來兩掌獸的注意。而這座被草坡環繞的開闊山谷就好多了。

「我也喜歡這裡。」溪流說道。「不過喜歡也沒用，再過兩個月，我們就要自己去流浪，姊妹幫也要搬遷了。」

大地微微顫抖，原本的溫煦和風突然冷冽起來。出生在姊妹幫的公貓只能跟他們的母親和姊妹生活六個月。公貓註定得去各地流浪，找到屬於自己的路，母貓則會永遠住在一起。這是註定好的。有另外兩隻年輕公貓今晚就要啟程出發。大地忍不住想起這件事，有一天他也會是那個拋開曾熟悉的一切，不再回頭的貓。

這個世界似乎很大，可以到處流浪。大地知道這世界從他出生的花園算起，會越過多條轟雷路和河流，無遠弗屆到任何貓都看不到盡頭，哪怕是從最高的山頂遠眺也一樣。

「也許我們可以再回來這裡，」他向溪流提議。「等姊妹幫走了之後，我們可以住在這裡。」他再度環目四顧，望著蔚藍的天空、開闊的草地和花朵。「這會一個很棒的家園。」

溪流的藍色眼睛頓時瞪大。「大地！」他大聲說道。「那就不是在流浪啦。這不是公貓該做的事！」

「我想也是，」大地把尾巴塞進身體底下。「可是這是一塊很好的領地。要是我們去旅行，結果最後淪落到一處更糟的地方，那怎麼辦？我喜歡這裡。」

「那是因為我們還沒去過很多地方，」溪流說道。「等著吧，等我們獨立了，就能到各地旅行，一定會很好玩的。」

「你說的也對。」大地附和道，覺得開心了一點。至少他不是獨自去流浪。溪流會陪在他身邊。只要他們彼此相伴，這一路上也許會很好玩。「我們再來試著冥想好了。」他提議道。「月光要我們一定要想辦法跟這片土地對話。」

「好吧，」溪流同意道，同時用後腿舒服地坐下來。「不過我其實不太懂那是什麼意思。」

「我也不懂。」大地說道。「也許只要我們夠專心，就能成功？」

「我們試試看吧。」溪流深吸一口氣，閉上眼睛。大地也閉上眼睛，並再度提醒自己月光對他們說過的話。

專心。與土壤和草合而為一，與岩石和樹合而為一。公貓是大地的守護者，母貓則能和天空對話。做對這件事情很重要。大地將爪子戳進腳下的地面，很用力地傾聽，被他繃緊的雙耳微微顫動。

什麼也沒有。

專心。

等一下，他豎直耳朵，一股亢奮流竄他背脊。那是他聽到的聲音嗎？很遠，但就在那裡。他是聽到生長中的草在說話嗎？他繃緊神經，耳朵裡只充斥著想聽的渴望……

「……一隻花栗鼠，可是牠的體型……」

大地嘆口氣，失望地跌坐地上。那是他姊姊冰的聲音。他沒有睜開眼睛也知道，是風把她的聲音從下方山谷隱約吹到他這兒來。他根本沒聽到草的聲音。

這一點意義也沒有，他心想道，隨即睜開眼睛，朝溪流轉頭，想告訴他自己很懊惱，卻半張著嘴，停下動作。

他看見溪流一動不動地坐定，表情平靜，但嘴巴在動，正喃喃自語，聲音低到聽不出來他在說什麼。他不時停頓，彷彿正在聽取答案。**不會吧，**大地滿是驚奇地心想道，**他不是在對自己說話，而是在跟草和土壤對話。他在對這片土地說話，就像我們理當做到的那樣。**

大地只得再次閉上眼睛，繃緊全身，全心投入。他豎直耳朵，可是除了林間窸窣的風聲和遠方姊妹幫的喵聲之外，什麼也聽不到。

我到底怎麼回事？為什麼他能辦到，我卻不能？

他只好睜開眼睛等候，尾巴不安地抽動，直到溪流終於睜眼，目光平和地看著他。「我準備好了。」對方說道。

在走回營地的路上，大地用眼角餘光偷瞄溪流。可是這隻小貓看起來沒什麼不同。大地很想問溪流到底發生了什麼事。他真的在跟草對話嗎？**怎麼辦到的？感覺如何？草**

說了什麼？

大地遲疑了。他不想讓自己聽起來像個蠢蛋。溪流用對了方法冥想，跟腳下的地面和植物對過話了……而大地沒有。雖然他真的很累了，但他就是沒辦到。他要把這件事告訴溪流嗎？

他一定會認為我有什麼毛病，可是他是我最好的朋友……

大地還在擔心該不該把真相告訴溪流時，已經回到了營地。姊妹幫的貓都在忙，氣氛一片祥和：風暴和荊豆剛狩獵歸來，嘴裡叼著肥美的田鼠，昂首闊步地走向生鮮獵物坑。花瓣和老鷹正在太陽底下互舔毛髮，白雪、月光、煙霧正在灌木叢旁邊交頭接耳，灌木叢也是月光的窩穴所在。

「大地！溪流！」他的手足日升從育兒室衝出來跑向他。他們的姊姊冰跟在後面。「你們成功了嗎？」她氣喘吁吁地停在他旁邊。「你們跟土地對話了嗎？它聽起來像什麼？」

「呃……」大地表情尷尬地快速舔舔胸毛。「還好。」

「嗯……」走在日升後面的冰瞇起綠色眼睛。「你什麼也沒聽到，對吧？」

「呃……很難欸。」大地防備地說道。

「是很難。」溪流附和道。「在你們揶揄大地之前，應該先自己試試。」

日升彈動尾巴。「姊妹幫又不用跟土地對話，」她說道。「我們只要唱歌給星星聽。」

冰坐下來，腳掌整齊地塞進身子底下。「大地，做好這件事情是很重要的。」她說道，一本正經地取笑道：「你是不是做錯什麼事冒犯到這片土地？所以它才不願跟你對話？」她放低音量，瞥看四周。「也許你……在不該方便的地方方便了？」

「你最好趕在你啟程流浪之前，讓土地原諒你。」日升接著說道，又開始揶揄他。

「不然要是你在泥塘裡睡著了，搞不好就被它活吞了。」

「喔，哈哈。」大地盡量保持住尊嚴，模稜兩可地回應，兩隻母貓則是喵嗚大笑。他不想被他的手足影響心情。**不會有事的**，他告訴自己，**土地並沒有對我不爽……吧？**他甩甩身子，活像正在甩掉所有擔憂。「我餓了。」

獵物坑已經滿了。他聞到兔子的味道，嘴巴開始流口水，於是穿過營地，朝獵物坑走去。

「等一下，」日升喵聲道，這次的語氣很認真。她擋在他前面。「板栗和蝸牛今天有優先權。」

對喔，大地的胃口瞬間消失。他的胃沉了下去。板栗和蝸牛今晚就要啟程去流浪了。他們只比他大了一兩個月，所以得離開姊妹幫，去走自己的路。**沒多久，就輪到我了，到時我會準備好嗎？**

夜空星子低垂，爪子星群正指向落日。星群會帶領年輕的公貓展開旅程。夜色漸沉，圓月上升，冷冽蒼白。月光終於站了起來，靜靜地穿過營地，朝山丘的方向走去。

其他母貓——也就是姊妹幫裡頭的媽媽和姊妹們也跟在後面。板栗和蝸牛緊跟在他們的母親老鷹旁邊，但尾巴揚高，腳步輕盈，彷彿很興奮旅程即將展開。大地和溪流互看一眼，也尾隨其他貓兒走過去。

板栗和蝸牛在山頂停下腳步，他們的暗色毛髮在月光下顯得幽暗。姊妹幫將他們圍了起來，月光上前一步，鼻頭先輕觸蝸牛的耳朵，再輕觸板栗的。「祝你們平安幸福。」她輕聲告訴他們，然後走開，讓另一位姊妹以鼻口與他們互觸。

姊妹幫的貓一個接一個地跟蝸牛和板栗道別。「我們不會忘了你們。」其中一位低聲說道。「好好照顧彼此，」另一位喵聲說道。老鷹的臉用力貼住她兩個孩子的臉，然後閉上眼睛，彷彿正在努力記住他們的味道。

最後輪到大地了。他因焦慮而感到胸口有點悶。板栗和蝸牛向來是他們的一分子，年紀只比大地和溪流以及他們的手足大一點。他們小時候曾一起玩過最棒的青苔球大賽，也曾放膽玩過偷襲獵物坑的遊戲。他們怎麼就要永遠離開姊妹幫了？

「祝你們好運，」大地尷尬地說道，趁蝸牛這隻較大的公貓朝他彎下腰時，將面頰貼了上去。然後又朝板栗轉身，也輕觸他的面頰。「也許有一天我們會在流浪的路上遇見彼此。」

「也許吧。」板栗語氣輕鬆地說道。他雙眼明亮，目光越過大地，望向山丘下方。大地看見他和蝸牛興奮地互看一眼，彷彿等不及要去流浪。

大地不免好奇那是什麼感覺。

終於都道過別了。月光向兩隻公貓垂下頭。「這是你們冒險的起點。」她喵聲道，語調溫暖。「我們的愛將永遠與你們相隨，陪你們浪跡天涯。現在起，你們是土地的守護者。你們必須傾聽它對你們說的話，當一隻堂堂正正的貓，土地會為你們的腳掌指引方向。」

蝸牛和板栗都熱切地點點頭。「我們會傾聽的。」

月光稱許地對他們眨眨眼睛。「穿夜而行，不要回頭，」她告訴他們。「到了黎明，你們就會脫胎換骨，不再是小貓，而是真正的公貓。願走在這片土地上的祖靈找到你們兩個，成為你們的嚮導。」

板栗再度垂下頭。「謝謝妳。」他回答，蝸牛也重覆同樣的話。

大地打起寒顫，垂下尾巴，環目四顧，查看有誰留意到他。姊妹幫經常會跟她們的祖靈——也就是鬼魂對話，大家都相信這些祖靈會找到正在流浪的公貓。這些靈體理當引導他們，提供忠告。可是大地從來沒見過鬼魂，他也不想看到。**這東西聽起來毛骨悚然**。鬼魂到底長什麼樣子？

板栗和蝸牛可能已經知道了，難怪他們可以看到靈體，並跟土地對話。他們已經準備好了。

大地看著蝸牛和板栗走下山坡，消失在視線裡。他們沒有回頭，腳步匆匆，熱切地迎接他們的未來。

一陣冷風突如其來地吹亂大地的毛髮，耳朵也跟著貼平。他全身發抖地抬眼張望。

只見黑色烏雲飛掠天空，擋住爪子星群。遠處山坡上的樹枝狂亂地拍打。

「我們回去吧，」月光喊道，同時揮動尾巴要姊妹幫跟她走。

大地朝板栗和蝸牛的去向望過去。他們已經不見蹤影，消失在夜色裡。

溪流在他旁邊不停發抖。「我們走吧。」他說道。

「希望蝸牛和板栗能找到不會淋到雨的地方睡覺。」大地告訴他。「快下雨了。」

「他們現在必須學會照顧自己。」溪流回答。「走吧！」

大地朝公貓們的方向看了最後一眼，然後跟著溪流回到他們的營地，進到育兒室裡。他蜷伏在裡面，對身旁兩側溪流和日升傳來的暖意充滿感激。他閉上眼睛，**板栗和蝸牛不會有事的**，他心想，**他們會互相照顧。**

大地不知道自己睡了多久，但卻被驚醒。育兒室很暗，沒有任何一絲月光從樹枝間滲進來，荊棘叢縫隙有冰涼的水滴落，在他毛髮間流竄。外頭正下著滂沱大雨。

「喵——！」

大地直起身子，全身每根毛髮都炸了開來。驚恐的叫聲來自外面，劃破了雨水穩定的節拍。

是他母親！

第二章

「月光！」大地跳了起來，他從沒聽過他母親以前這樣大叫過。

「出了什麼事？」

「還不到早上耶。」

其他小貓都被驚醒，發出抱怨聲。但大地沒理他們，趕緊鑽出育兒室。

「月光！妳在哪裡？」雨水淅瀝嘩啦地下，像爪子似地劃穿大地的身子。狂風將雨水打進他的眼睛裡，把他的耳朵和鬍鬚往後吹。他聽到營地四處有貓互相喊叫，但是他誰也看不到。

溪流跟在他後面從育兒室裡出來，冰冷的毛髮短暫刷過他身上。「我找這邊。」他喊道，同時揮動尾巴，指著他們之前目送板栗和蝸牛離去的那座山丘。

「等一下！」大地告訴他。「我們應該——」**一起行動**，他話還沒說完，突然劈來一道閃電，後面緊跟著隆隆雷聲，淹沒了他的聲音。等他眨眨眼睛，不再因閃電而目眩時，溪流已經走了。

「過來我這兒，姊妹幫，快過來我這兒！」月光突然出現了，她在雨中放聲大喊。她剛沒看到大地，差點就踩到他。「大地，」她喵聲道。「你為什麼跑出育兒室？其他小貓呢？」他還來不及回答，她就從他旁邊走過去，將頭探進育兒室裡。「冰！日升！煙霧！跟我來！」

三隻小母貓跟在她後面跌跌撞撞地出來，挨擠在一起，弓起肩膀，抵禦雨勢。

「溪流呢？」月光語氣凌厲地問道。

「我不知道，」大地回答。「他去……」他用尾巴指向那座山丘。「我試著阻止他。」

「好吧，」月光喵聲道。這時空地又被另一道閃電點亮，她的目光越過大地，表情擔憂地掃視營地。「走這裡。」她用尾巴掃過小貓們的後背，引導他們往空地的盡頭走去。

大地跟在他母親後面，雨水痛打在他的臉上。營地另一頭有其他聲音正在喊叫，語氣慌張。閃電再度點亮天空，他本能地把眼睛瞇成一條細縫。另一聲雷鳴跟著轟然響起，他旁邊的日升當場跳了起來。

月光將他們帶到空地旁邊的一座大石頭那裡。「待在這兒，」她語氣堅定地下達命令。「我得去幫忙其他貓。」

「我們也可以幫忙。」大地自願道。小母貓們也都大聲附和。

「你們乖乖待在這裡，就是幫我的忙。」月光回答，隨即轉身離開。「我得把姊妹幫集合起來。」說完就消失在黑暗裡。

這塊石頭可以擋住雨勢。大地緊緊挨著它，岩石的沁涼寒氣滲進他濕冷的皮膚裡。他的心猛地狂跳，感覺像胸口裡頭關著一隻發狂的小鳥。

他聽得到月光正在對姊妹幫大喊，要把她們集結到一處可以躲過暴風雨的地點。他懊惱地不停甩打尾巴。為什麼他年紀這麼小，都幫不上忙？

「救命啊，快來救我！」有個求救聲從風裡隱約飄送過來。

「是溪流！」大地從岩石底下走出來，豎直耳朵，想查清楚他朋友求救聲的來源。

日升跟了出來，走到大雨中。「我不認為月光聽得到他的求救聲。」她擔憂地說道。「她還在集合姊妹幫。」

「救命啊！」溪流的求救聲更慌張了。大地想都不想地立刻朝他朋友的聲音來處衝過去。他的腳在泥地裡滑了一跤，蹣跚爬起來，又往前跑。

「大地！月光要我們待在原地耶！」日升在他後面大喊。但是大地沒有回頭。他試著確定方向，雨水不斷從他腰腹往下低落。黑暗中，大雨滂沱，原本熟悉的營地如今突然充斥著無可辨識的形體，害他根本搞不清楚方向。他試圖往前走幾步，結果腳爪陷進泥地裡，還踉蹌撞到一株灌木，**這是荊豆和風暴之前睡覺的地方，搞不好……**這時一根刺刮到他，他嘶聲叫了出來。

「救命啊！」溪流又再喊叫。大地立刻轉向，直接朝那個聲音衝過去。

大地正爬上山丘，坡度拖緩了他的腳步。他試著跑快一點。「我來了！」他大喊，但狂風抽打著他嘴裡吐出來的話，連他都不太聽得見自己說了什麼。他的腳爪在泥地裡打滑，害他往下滑了一段路，身上被泥水濺得到處都是。他再次跌倒，但又奮力爬了起來，可是被泥巴纏住，將他拖了回去。

這塊地不讓我去溪流那裡，他心想，**我沒辦法跟它對話，它很不喜歡我。**他到底是做了什麼，讓這塊土地這麼討厭他？

大地咬緊牙關，小心翼翼地摸索著眼前的泥巴路。地表下方有石塊，他伸出爪子，抓住它們的邊緣，將自己的身子慢慢往上拉。

他不停地滑跤，身上沾滿泥巴，泥巴的重量一再把他往下拖。他的爪子很痛，但他還是緩步前進。整個攀爬過程宛若一場惡夢：泥巴和漆黑的夜色、痠痛的肌肉、再加上他腳爪下的石頭。

等他終於爬上山頂，狂風再度襲來，雨水順勢打在他臉上。他直覺弓起身子，眨著眼睛，這時出現了一道眩目的閃電，後面伴隨著隆隆雷鳴，山頂瞬間被點亮。

溪流就在他面前，濕淋淋的毛髮全貼在身上，他的眼睛驚恐地瞪大，半張著嘴巴，大叫出聲。

四周再度陷入黑暗。溪流用冰冷顫抖的腰腹緊貼住大地的腰腹。「我不該跑上來的。」溪流氣喘吁吁。「我下不去。這裡太黑，我根本不知道該走哪個方向。」他的喵聲顫抖。大地從沒見過他的朋友這麼害怕過。

「沒關係，」大地告訴他。他也很害怕，但是他們當中總得有一個必須勇敢。「我們一起下山。」

另一道閃電瞬間點亮了下方山谷的營地。泥水宛若多條河流正流竄在空地上，淹沒了所有窩穴。姊妹幫忙著涉水穿過泥巴，自救也救援彼此，此刻的空地空前混亂，那是大地從沒見過的一幅景象。

四周又暗了下來，溪流緊挨著大地。「情況很糟耶。」

「沒錯。」大地深吸一口氣。「我們可以下山幫忙她們。泥巴底下有石頭，如果我們把爪子戳進去，就能慢慢走下山，不會滑倒。」**但願如此。**

他走在前面，先用一隻腳爪小心摸索，然後換另一隻。但他還是滑了一跤，而且滑了好幾條尾巴的距離才停下來。腿和爪子都痛死了。他聽到他身後的溪流也在泥巴裡吃盡苦頭。

他轉身想幫他打氣。「已經快……」

這時世界又被瞬間點亮，同時伴隨轟然的雷鳴。他身上的毛當場炸開，他聞得到閃電辛辣的氣味。

但又隨即暗了下來。大地的耳朵嗡嗡作響。黑暗中有某種東西從他旁邊跌落，不停地往下連滑帶滾。**那是塊石頭吧，**大地告訴自己，但是他的胃突然揪緊。有一小部分的自己隱隱約約知道那不是一塊石頭，**而是……**

「溪流！」他大喊，並試圖往前跑，卻止不住腳步地往山下滑，最後竟一路滾下山，跌落在山谷裡的一堆東西上，全身都是濕黏的泥巴。「溪流！」他再度放聲大喊，但大雨灌了下來，將他淹沒。

他腳步踉蹌地往前衝，腳掌卻撞上某種又軟又溫的東西。「溪流？」大地問道，同時低下身子嗅聞那坨東西。是溪流，但除了他的氣味，還有某種奇怪的味道。他的身體燙得像火一樣，柔軟的毛髮全聳立起來。大地愣在原地，恐懼像顆石頭一樣掉進他胃裡。

溪流聞起來像被火燒過，有火焰的味道也有痛苦的味道。

大地倒抽口氣，蹣跚後退一步，腳下的泥漿吧唧作響。

溪流死了。

兩天後，暴風雨破壞的痕跡仍歷歷可見。大地和剩下的姊妹幫成員都挨擠在一棵山毛櫸的樹根當中。荊豆全身是刮傷和擦傷，那是營地河水泛濫時，她被大水沖刷過荊棘叢所留下的傷痕。為了把冰從泥水裡拉出來以免被大水沖走，風暴扭傷了一條腿。姊妹幫所有成員全都渾身是傷，目光暗淡。

死亡名單上不是只有溪流而已。比他們小半個月的煙霧，也是大地的姊姊日升最要好的朋友，也淹死在姊妹幫的面前，她們曾奮力地想要抓住她。大地心想，失去兩隻小貓的悲痛情緒正宛若另一場暴風雨擊打著她們，將她們籠罩在傷痛之下。

日升偎近煙霧的母親白雪，尾巴與白色母貓的尾巴緊緊交纏。她們似乎正在互相慰藉。溪流的母親花瓣獨自坐在離她們有一點距離的地方，表情悲戚。

月光站起來，尾巴撫過白雪的後背，試圖安慰她。「我們會為她吟唱，」她輕聲說道。「我們的姊妹從來不會真的離散。」

白雪點點頭，闔上眼睛一會兒。月光朝空地走去，經過花瓣的時候，尾巴也輕撫過她的背，但只說：「我要去採集更多藥草來治療傷者。我們現在什麼都沒有了。」花瓣一聲不吭。

大地看著他母親離開，突然怒火中燒，跳了起來，跟了上去。「母親。」他喊道，這時他們已經走到其他貓聽不到他們對話的地方了。

月光朝他轉身。「你要幫我一起找藥草嗎？」她問道。「我們可以到離河流遠一點的地方找艾菊和山蘿蔔。」

大地憤怒地縮張著痠痛的腳爪。「為什麼我們只幫煙霧吟唱？不幫溪流？」他憤憤不平地問道。「溪流也是姊妹幫的小貓。」

「溪流是公貓。」月光輕聲回答。

「所以呢？」大地回嗆。「這不公平。」

月光嘆口氣。「這非關公平。」她告訴他。「溪流是公貓，註定要回歸大地。我們不需要為他吟唱。也許在他進入下一世之前，我們還能看見他的靈體，也或許不能。這片土地會自己照顧自己的。」這時她的眼神突然凌厲。「不過我當時回到那座岩石的時候，你已經不見了。我那時很難過。畢竟你年紀還小，我沒辦法接受這片土地接走你的事實。花瓣這麼痛苦就是因為溪流年紀還小，你以後絕對不能再像那樣不服從我的命令。」

大地背上的毛不安地炸了開來。「妳的意思是如果我死時已經成年，妳就不會為我感到難過？」他無法想像他的母親竟然不愛他。

月光的目光變得柔和，她彎下腰，鼻口輕蹭他的。「我當然會難過，」她告訴他。「我永遠無法停止關心你的任何遭遇。但是再過不久，你就要離開姊妹幫，獨自流浪。

我們可能再也見不到彼此。如果這片土地帶走了你，我也可能永遠都不知道。」她再度嘆口氣。「知道自己的小公貓有生之年一定會被他們所守護的土地接走，公貓的母親只能藉此來安慰自己。公貓就算死了，也算是死得其所。」

大地默不吭聲地站著，不知道該說什麼。他的母親又一次用鼻子輕觸他，隨即轉身離開。「我要去找藥草，很快就回來。」

大地目送她走遠，她的步伐穩健篤定。他知道月光也曾有過其他小貓，在他出生前，那些年紀比他大的兄長都已經離開去流浪。只是他從來沒想過他們離開後，她會再也見不到他們。難道貓媽媽需要的就只是相信公貓就算死去，也都是為了守護這片土地，所以算是死得其所嗎？他坐了下來，若有所思地抓抓耳朵。他心想，這對他來說是個沉重的問題。他怎可能知道做母親的感受如何。

這時一個念頭突然竄出來，他擱下腳爪，胸口一緊。溪流走了，可是大地才四個月大，再過兩個月，他還是得被送出去流浪嗎？

獨自去嗎？

太陽下山，星星升起，姊妹幫再度集合，這次是在破敗的營地裡集合。大地環目四顧，看到曾經是育兒室和姊妹幫窩穴的灌木叢都被泥漿和泛濫的洪水摧毀鏟平。有棵灌木——他想應該是月光的窩穴吧，完全被連根拔起，沖刷到林子邊緣。

看到營地四周滿目瘡痍，他垂下了尾巴。**我們不能再待下去了**，他心想。這本來是座很棒的營地。溪流的遺體將長埋於此，受到這塊土地的庇護，但大地和姊妹幫必須離去。

母貓們圍住月光，大地獨留在圈子外緣。以前有四隻公貓的時候，身為公貓的他並不會覺得被孤立在姊妹幫之外，但如今只剩一隻，感覺真的很怪。

「今夜我們要為我的姊妹煙霧吟唱，助她升天。」月光開口道。「她是一個好姊妹，很遺憾這麼年輕就失去她。她本應在好多個葉生季之後長大，然後生養自己的小貓，為姊妹幫傳承。但我們今天將為她指引道路，讓她進入她的來生，她若是想先跟我們說話再離開，我們也歡迎。」她快速瞥了大地一眼，然後又接著說：「若是溪流或任何一位祖靈想來拜訪我們，我們也樂意與他們對話。」

然後她抬頭仰望天空，率先吟唱，音調高冷悲悽。姊妹幫也加入合聲，吟唱聲直達天聽。

再會了，煙霧，大地心想道。他希望這隻年紀很小的小貓會在下一世找到幸福。她會先來探望他們嗎？溪流也會嗎？他的毛髮不安地聳立。他從沒見過靈體，但其實並不太想見到。但是他想見到溪流吧？他無法想像他最要好的朋友不想見他。

他瞥看四周，心裡有忐忑也有盼望。**我真的想見到他。**

吟唱聲愈來愈小，姊妹幫開始等候，她們一臉企盼地望著星星。大地也在等候，他急切地四處張望，望著山腰那邊的林子。**他會從地上來，對吧？**

日升發出歡喜的尖叫聲，跳了起來。「煙霧，祢還好嗎？」她停下動作，歪著頭，好像正在傾聽，然後又接著說道：「我太開心喔。當初大水把你沖走時，我好害怕。」

接著其他母貓也一個接一個地站起來，表情欣喜地轉向大地完全看不到的來訪靈體。

「已經好久了……」

「幾個月前，我們有經過當初失去祢的那處兩掌獸地盤……」

「自從我們上次聊過之後，祢家又多了新生的小貓……」

最後，花瓣發出溫柔的喵嗚聲。「溪流，我的孩子，祢好嗎？」然後她開始傾聽，這是自從兩天前黎明照在溪流殘破的身軀後，她的眼睛首度亮了起來。大地瞪看著，還用力眨眨眼睛，又瞪看一次。他努力睜大眼睛，豎直耳朵，希望自己起碼能看到溪流些許的輪廓，聽到隱約的聲音。

但他什麼也沒看到。

等到姊妹幫跟亡靈道別時，天空已經微亮。日升跑向月光，用臉輕蹭著她母親的毛髮。「祂走了。」她嚶嚶哭泣。

大地看著月光安慰著他的手足，只覺得自己全身冰冷，心裡空蕩蕩的。當他明白只有他看不到那些行走的亡靈時，他滿臉羞愧地退了出去，在貓群外面遊蕩。

等到日升平復了情緒，開始和冰低聲交頭接耳，月光才朝大地走過來。

「所以……」她一走到他這兒就喵聲道。「溪流有回來。你覺得怎麼樣？」他的目光銳利，緊盯著他。

她知道我看不到他嗎？大地納悶地想道。他當下本來想撒謊，但這麼做也沒什麼好處。他是姊妹幫的貓——公貓，這一路上他會需要祖靈的協助。

「我看不到他。」他老實說道。「我一個都沒看到。」

月光臉上擔憂的神色一閃而逝，但又隨即喵嗚地柔聲安慰。「有些貓得花比較久的時間才能看到。我相信你有一天會辦到。」

「真的嗎？妳不認為我有問題嗎？」大地問道。

「當然沒有。」月光垂下頭，舔舔他的肩膀。

大地很想相信和接受她的安慰。但他記得其他兩隻年輕公貓都是在他們能看到靈體之後才被送走。「那泥巴和蜘蛛呢？你認為他們有看到靈體嗎？我們的祖靈有來找過他們嗎？」

月光嘆口氣。「我必須相信他們有。」她告訴他。「而且他們去流浪了，我們永遠無法得知。」

大地害怕到嘴巴發乾。**我永遠都看不到我的祖靈，**他突然明白。如果他能看到，他早就看到溪流了。

溪流如果還活著，他一定能跟亡者對話。所以要是大地和他按照當初計畫一起出外流浪，溪流就能代勞幫忙聽祖靈的指引。但溪流不在了。等大地啟程離開姊妹幫時，將不會有祖靈來找他。他流浪的時候，將徹徹底底地形單影隻。

第三章

大地悶悶不樂地嗅聞松樹的根，被那辛辣的味道嗆得皺起鼻子。**我討厭這裡**。他本來應該練習狩獵技巧的，但是他聞不到任何地鼠或老鼠的味道，他今天的導師老鷹要他去找這兩種獵物。**我好想溪流喔**，有朋友在身邊一起學習狩獵，才比較有趣。

現在已經葉亮季了，太陽烘暖了松樹林底下鋪滿針葉的林地，附近的小池塘也在陽光下閃閃發亮。有一部分的大地承認這裡對姊妹幫來說是一個還不錯的居所，而這兒已經是他們這兩個月以來第二個新領地了。**我其實也不是很在乎這件事，反正我在這兒也待不久**。對狩獵有些意興闌珊的大地在林子裡閒逛，隨手拍掉擋路的小樹枝。

自從他們離開溪流和煙霧喪命的營地後，大地就覺得姊妹幫好像一直在旅行。而他永遠是形單影隻地跟在她們後面。他現在算是這裡唯一的公貓——如果不把荊豆剛生出來的那隻小公貓算在內的話，畢竟後者年紀太小。

爪子星群再過幾天就會排列整齊，送他出發，展開流浪的旅程。他一直在觀察祂們，敬畏地看著祂們在夜空裡彼此愈靠愈近，直到迎來他終於必須出發的那一天。大地一想到這件事，胃就焦慮地翻攪。

要是溪流還活著，他們可以一起離開，彼此照顧、互相打氣。祖靈會來找他們，為他們指引腳掌方向。但如果是大地自己看到祖靈，恐怕會像被追捕的老鼠那樣逃之夭夭，他悶悶不樂地這樣想。

可是如果祖靈試圖跟他對話，他卻看不到祂們，那會怎麼樣？祂們會生氣嗎？大地用力地嚥嚥口水，順腳踢開擋路的小樹枝。

「你這樣子算在狩獵嗎？」大地聽到老鷹的厲聲喝斥，嚇了一跳。他心事重重到根本沒聽到她從後面過來。

「老鷹！」他說道。「對不起，我……」他發現自己很難迎視那隻身材高挑的棕色母貓嚴厲的目光，只好瞪看地面。「我在想別的事。」

老鷹嘆口氣。「大地，每次我試著要教你，或者荊豆、白雪或我們當中任何一隻貓要教你，你都很不專心。我們是在想辦法教會你所有必要的技能。」

大地覺得自己的肩膀更垮了。他知道他表現得不好。自從那場暴風雨過後，姊妹幫就教不動他。**若是溪流，他一定學得很快。**「對不起。」他重覆說道，表情可憐兮兮，尷尬到全身微微刺癢。

老鷹的金色眼睛目光似乎變得柔和了起來。「大地，我知道你過意不去，」她喵聲道。「但你還是必須學會保持警覺。再過幾天，你就要展開你的旅程。你得學會照顧自己才行。」

大地的胸口又悶又慌。「可是我還沒準備好。」他反駁道。「荊豆有隻小貓也是公貓。也許我可以等到他年紀夠大，也要去流浪了，我們再結伴同行。這樣我們就可以互相照顧。」

老鷹不屑地抽動著尾巴。「別傻了，」她告訴他。「荊豆的小貓還要好幾個月後才能去流浪。他的眼睛昨天才剛睜開。」她用肩膀頂頂他，接著又說：「大地，你已經六個月大，而且又聰明。你不會有事的。」

「應該吧。」大地不安地蠕動著腳。也許老鷹說得沒錯，只不過他有點懷疑。

「來吧。」老鷹喵聲道，同時環目四顧。「我們到外面的長草叢裡狩獵。」

松樹林再過去就是一大片開闊的土地，綠草在風中如浪起伏。大地嗅聞空氣，心情稍微輕鬆了點。

老鷹也張嘴舔聞空氣。「這片空地到處都是田鼠和老鼠。我走這個方向。」她決定道，同時用尾巴示意。「你順著氣味追蹤，如果有瞄到田鼠，就往我的方向追趕。」

她消失在長草叢裡，大地蹲低身子，肚皮貼著地面，盡責地四處嗅聞。**我可能什麼也抓不到吧**。這時出現很濃的田鼠味，他開始追蹤，傾聽聲響，想聽到細微的心跳聲。植物根部附近有一坨枯草，那裡最適合獵物躲藏。他偷偷過去，一步一步地緩緩前行。

他鼻子動了動。這裡有別種氣味，而且愈來愈濃。

是貓！他恍然大悟，**陌生貓兒！**

大地猛地抬頭。**是惡棍貓！**

一隻瘦削的灰色公貓朝他慢慢逼近。大地繃緊神經，這時又聞到別的味道。原來還有另一隻棕色虎斑母貓，她在大地的另一邊蹲伏下來，尾巴憤怒地甩打。

「這裡是我們的地盤，」公貓吼道。「快滾！」

大地愣在原地。他現在該怎麼辦？月光總是說自稱擁有地盤的貓兒是很蠢的……土地是屬於每隻貓兒的。但是月光不在這裡。

「我們只是經過這兒。」他咕噥說道，尾巴緊緊塞在腿邊。

公貓又往前探近，低聲怒吼。「我們不准有陌生貓兒出現在我們的地盤上。」

「我們會教會你什麼叫做滾得遠遠的。」母貓接著說，同時往他旁邊趨近。

大地轉頭看她，耳朵突然一陣溫熱的劇痛。原來公貓的利爪劃了過來。大地的腿忍不住發抖。他無法奔跑，也沒法打架。母貓嘶吼一聲，爪子揮向他的肩膀，痛得大地驚恐地放聲大叫。

「嘿！」老鷹穿過草地跑了過來，撲上母貓，將她撞倒在地。「別碰他！」

大地吁了口氣。老鷹會救他的。老鷹和虎斑母貓在地上扭打，不停翻滾。灰色公貓嘶聲怒吼，也加入戰局。驚慌失措的大地看見公貓伸爪狠戳老鷹腰腹，另一隻棕色虎斑貓則從下方抬腿猛踢狠砍。老鷹的體型比他們兩個都大，她是厲害的格鬥者，但那兩隻貓也是，老鷹寡不敵眾。

大地試著回想他學過的格鬥技巧。自從溪流和煙霧死後，姊妹幫就一直很忙，但風暴和白雪有教過他如何擊退其他貓。**我是要跳上去呢？還是從下面反擊比較好？**他什麼也不記得，動都不敢動。

棕色母貓身子猛地一頂，從老鷹下面翻滾出來，老鷹當場側摔在地，痛苦大叫。

大地好不容易擺脫僵硬的四肢，閉緊眼睛，衝上前去。他必須幫她。

他的頭撞上灰色惡棍貓的腰腹，對方悶哼一聲，往後摔倒。大地睜開眼睛，剛好看到老鷹從地上跳起來。

「快逃！」她大喊，大地聞言趕緊逃跑。他聽到老鷹跟在後面，隨後跑到他旁邊，長腿放慢速度，與他併肩齊跑。惡棍貓發出威脅的怒吼聲，在他們後面肆言警告。

「不准再回來這裡！」公貓大吼，虎斑貓也接著喊：「我們這兒有很多貓，離我們的地盤遠一點！」

終於姊妹幫的臨時營地映入眼簾，大地上氣不接下氣。老鷹慢下腳步。「你還好嗎？」她問道。

「我沒事。」大地留意到老鷹的後腿有鮮血流出來。「妳受傷了？」

老鷹皺起眉頭，低下身子快速地舔舔後腿。「那隻虎斑貓的爪子很利。」她喵聲道。

大地身子縮了一下。「對不起，我應該早點過去幫忙。我只是……嚇呆了。」

「別想太多。」老鷹告訴他，然後帶著他走進營地，直朝存放藥草的凹洞走去。她走路一跛一跛，大地心裡滿是罪惡感。

他跟在她後面。「我可以幫忙嗎？」

「不用，我自己就可以了。」老鷹坐了下來，嚼了一些山蘿蔔，敷在傷口上。大地待在旁邊看，覺得自己一無是處。

月光走了過來，目光擔憂。「怎麼了？」她問道。嘴裡都是山蘿蔔的老鷹聳聳肩。月光於是朝大地轉身。

大地瞪看著自己的腳爪，全身發燙，滿心愧疚。「我們去狩獵，被兩隻惡棍貓攻擊。」他小聲說道。「我嚇呆了，沒辦法上場打架。老鷹只能單打獨鬥地保護我。」

月光的毛瞬間炸開，目光凌厲。「你已經六個月大了，應該要能保護自己才對。你這樣可能會害一個好姊妹為了照顧你而喪命。」

「對不起。」大地低聲道。

他迎視月光的眼睛，感覺她的目光看穿了他的思緒。「你再過幾天就要啟程出發了。」她告訴他。「你必須要能照顧自己，你一定要能照顧自己才行。」

妳真的認為我準備好了嗎？大地的爪子戳進地裡。姊妹幫怎麼會認為他已經準備好，可以去流浪？

他很想對她嘶吼，讓她知道他還沒準備好。但他嘴巴乾到說不出話來，只能眼睜睜看著她離開。

「她只是在保護大家。」本來忙著把山蘿蔔舔在傷口上的老鷹抬眼，語氣溫和地說道，「她不是故意這麼凶的。」

月光想保護大家，大地心想，**我卻連自己都無法保護**。至少等他離開後，他就不再是姊妹幫的包袱了。

大地啟程離去的那天早上，太陽才升上來，就聽到冰在養病的窩穴裡嗚咽啜泣。大地在外面聽到他姊姊痛苦的哭泣聲，心跟著揪緊。

「她會好起來嗎？」他趁月光走出窩穴時問道。

「希望會。」月光告訴他，表情憂慮。「我想她是吃到臭掉的獵物。如果她沒有好轉的跡象，我可能會帶她去兩掌獸的窩穴，看看能不能找牠們幫忙。」

大地緊張地蠕動腳掌。「兩掌獸？真的假的？」

「有些兩掌獸心腸很好，有利用價值。」月光乾淨俐落地說道。「別忘了姊妹幫的祖靈曾跟兩掌獸一起住過。」她稍微甩動身子，像是要把這念頭甩開一樣。「但我希望不必走到那一步。你去撿些新鮮的青苔來墊在冰的臥鋪上。她現在需要的是好好睡一覺。」

「當然可以。」大地回答，他知道最柔軟的青苔都長在哪裡，就長在營地邊緣的溪岸上。

他在溪邊小心翼翼地刮起青苔，挑出最新鮮和最厚實的部分，但心底深處的焦慮令他毛髮微微刺癢。他一直不願去想，可是今天就是他離開的日子了。

過了今天，他就永遠離開姊妹幫了。

最近冰病得不輕，大地掛心她的病情，多少忘了自己就快離家的事實。自從冰在育兒室裡首度不適作嘔以來，便一直反覆地發燒嘔吐。她變得神情呆滯，總是吵著要找媽媽。月光只好日夜陪在她身邊，由其他姊妹暫代她的職務，以便維持營地的正常運作。

月光全心照顧冰，而老鷹又因為腿傷還在休息療傷，以致於都沒有貓兒接手大地的訓練工作。**我還沒準備好，**他心想。他知道如果他必須上場格鬥，一定又會跟之前一樣嚇得不敢動。他想他的狩獵技術應該還行，只要夠專心的話……但他其實也不是很有信心。

他還是看不到亡靈。**沒有亡靈來指引我的方向，我要怎麼旅行呢？**

他也一直在試著冥想，照姊妹幫教他的方法跟土地對話，可是完全接不上線。他什麼也聽不到。**跟這片土地無法連結，我是要怎麼保護它啊？**

大地拾起青苔，帶回月光那裡，這時的他已經做出決定。他要冷靜理智地找月光好好談一談。她一定能理解他還不能離開的理由。

「謝謝你，大地。」他一過來，月光便這樣說道。「這可以讓冰的臥鋪更舒服好睡一點。」

大地把青苔放在她面前，並趁她低下身子拾起來時，清清喉嚨。

「什麼事啊？」月光抬眼問道。

大地用力嚥了嚥口水。「我不認為我已經做好流浪的準備。」他脫口而出。「我無法……」

「你已經準備好了。」他母親打斷道。「你必須準備好了。」

「我不擅長格鬥，」大地爭辯道，「我沒見到靈體，」他遲疑了一下。「也許我不應該現在就被送走？如果我可以再多留一個月……」

月光坐下來，表情嚴肅。「不行，」她告訴他。「我們以前就學過教訓了，超過六個月還待在這兒，對公貓來說不是件好事，對姊妹幫來說也不是。」

「可是……」大地想開口反駁。

「以前我還小時，有隻公貓很怕離開姊妹幫，於是被允許多留一個月，」月光繼續說道，眼裡閃著悲傷。「當時帶領我們的是雲朵，她以為這沒什麼關係。但那年的冰凍期前所未見地艱苦。大雪浸濕了我們的毛髮，冰凍的大地也折斷了我們的爪子。姊妹幫找不到獵物，很多貓因此餓死。到了葉生季，公貓該離開的時候，他已經變得弱不經風，因為他太習慣有姊妹幫的保護，最後淪落到只能去找兩掌獸，當他們的萬年小貓。」

大地的背突然發涼。「我不想變成這種下場。」他喵聲道。他知道公貓有時候的確會選擇去住在兩掌獸的窩穴裡——很久以前，姊妹幫的祖靈都是跟兩掌獸住在一起。但他覺得這樣不好。他不喜歡被牠們那雙長長的、無毛的爪子觸碰。

「不會的，」月光寬慰地喵嗚附和，彎下身子，用面頰抵住他的。「你聰明又機智，不會有那種下場。但是你必須走出去，進入這個世界，當一隻堂堂正正的公貓。」

「我想也是，」大地讓步了，月光又抽開身。「可是我不喜歡獨自流浪的感覺。妳又不是沒看到老鷹和我碰到惡棍貓時遇到的下場。要是我又闖進另一隻貓的地盤，那怎麼辦？而且還只有我一個？」

月光抽動著尾巴。「你必須對自己有信心，」她告訴他。「我可以預見，你變得強壯又能幹。你很像你父親，你知道嗎？他很擅長應對這世界。」

大地突然有了興趣。月光從來不曾說太多有關他父親的事。但現在他必須讓她明白他的感受。「我不覺得我會像他一樣。」他承認道。

後方的養病窩隱約傳來煩躁的喵聲，月光站了起來。「大地，不會有事的。但我現在沒時間跟你討論你將來可能變成什麼樣子，因為我眼前有隻病貓得照顧。」

「好吧。」大地嘟囔道。他目送她回去養病窩，突然覺得胸口很悶，**我真希望她愛我的程度也像愛我的姊姊和妹妹一樣，**他心裡酸楚地想道。月光似乎對他的離去已經做好準備。

強壯能幹？他心想，同時低頭看了看他那小小的黃色腳爪。不管月光怎麼說，他都不覺得自己會變得強壯能幹。

第四章

爪子星群正指向西沉的太陽。時候到了。

大地跟著月光朝松樹林邊緣的一座小山走去，在那裡可以望見整片天空。他的腳步沉重，步伐僵硬，肚子裡盡是焦慮不安。

我不想離開。

當他們停下來時，所有母貓都圍了上來，將他圍在中間，就像兩個月前她們對待板栗和蝸牛的方式。只是冰不在，仍待在養病窩裡。

大地依依不捨地回頭看了營地一眼。**我應該跟她道別的。**他以後還會看到他姊姊嗎？要是她病死了，他會不會永遠也不知道。這個念頭令他忍不住發抖。他好想跑回營地，跟冰最後一次互舔毛髮。但來不及了。

月光用鼻頭抵住大地的面頰。「兒子，我會想念你的，」她輕聲說道。「祝你幸福平安。」

大地閉上眼睛，深吸母親身上熟悉的氣味。**別趕我走，**他很想喊出來，但有誰會聽呢？

日升用鼻子蹭蹭他的面頰，喵聲粗啞，帶著悲傷。「我不想要你離開。」她低聲道。大地用臉蹭著她，難過到說不出話來。

「幫我跟冰道別。」他終於低聲回答。

他妹妹往後退，然後姊妹幫的貓一個接一個地上前來用鼻子或面頰輕蹭他，低聲與他話別。

「你不會有事的。」老鷹向他保證道。「跟著氣味走，就會找到很多獵物。」

花瓣溫柔地蹭他耳朵。「我相信溪流會陪在你身邊。」她低聲道，語氣顫抖。

大地頓時心痛。他無法回答她。**要是溪流在我身邊，一切都會不一樣。**

等到每隻貓都跟他道過別了，月光才又走上前來，向大地垂頭致意。「這是你冒險的起點，」她喵聲道。「我們的愛將永遠與你相隨，陪你浪跡天涯。當一隻堂堂正正的貓，土地將指引你的腳步。你現在是土地的守護者，你必須傾聽它對你說的話。」

大地知道自己應該說——**我會的，**可是這句話好像卡住了。他張開嘴，卻發不出聲音。**我怎麼可能聽得到這片土地對我說的話？我聽不到啊！**

現場儀式暫停了一會兒。所有貓都盯著他看。荊豆和白雪互看一眼，表情擔憂。

月光趨近，在他耳邊低聲說道，「要堅強，別擔心……如果你的心志動搖，失去勇氣，祖靈會幫你的。」

不會，祂們幫不了我，大地嘴巴發乾。他到現在都還看不到靈體。而且無論月光跟他說過什麼，他只要一想到要被死掉的貓盯著看，就覺得頭皮發麻。

最後他清清喉嚨。「我準備好了。」他啞著嗓子，聲音很小很乾。這句話聽在自己耳裡一點說服力也沒有，但月光竟稱許地喵嗚回應他。

「穿夜而行，不要回頭，」她接著說道。「到了黎明，你將脫胎換骨，不再是小貓，而是真正的公貓。願走在這片土地上的祖靈找到你，成為你的嚮導。」

大地歪著頭，又點了點頭，就朝夜空裡爪子星群的方向轉身，然後往前走。起初腳步沉重，但他努力前行，愈走愈快，感覺得到姊妹幫的眼睛都盯在他背後。

他想起板栗和蝸牛當初離去時看起來有多自豪和多亢奮，於是也把尾巴揚高，佯裝自己毫無畏懼。他不想讓她們留下膽小鬼的印象。她們會看著他，直到消失在眼簾嗎？他很想轉頭去看他的母親和姊妹們是不是還在目送他，是不是很難過他的離去。但他只能強迫自己繼續往前走。

可是前面那麼黑。太陽又已經下山，附近的矮木叢劈啪作響。大地四處瞥看，不安到全身毛髮微微刺癢。**這裡有亡靈嗎？**他什麼也看不到。

現在他應該消失在姊妹幫的視線裡了吧。於是他暫時停下腳步。四周灌木叢裡有蟋蟀的吱吱叫聲，他還聽見遠處青蛙的呱呱鳴叫。風吹了過來，拂亂他的毛髮。他偵測不到附近有什麼威脅，但突然間心臟竟跳得像兔子一樣快，他趕緊蹲低身子，貼著地面，活像是把自己藏了起來。

我只是以前從來沒有獨自在外過夜，他向自己再三保證，**一切都會沒事的。**

這個世界看起來似乎比往日遼闊又空曠，而大地孤零零的。他又繼續往前走，一步又一步。他應該停下來做個臨時營地嗎？他怎麼知道地點適不適合？以前都是月光在幫姊妹幫挑選營地。**這太蠢了，**他心想，**為什麼公貓得在夜裡啟程出發？是誰想出這個爛規定的？夜晚會讓一切都變得更難捉摸。**

大地想掉頭回去……離營地近一點，應該比較好吧？但他又想起月光說過的話：**穿**

夜而行，不要回頭。他咬著牙，繼續前進。

突如其來的隆隆聲響害他嚇了一跳，接著有明亮的光在他眼裡閃現。**是閃電！**

大地驚恐大叫，但是那光是從他旁邊閃現而過，一頭幽暗的龐然大物呼嘯而過，發出吼聲。

原來是怪獸！大地試圖喘口氣，讓狂跳不止的心平緩下來。**我一定是在轟雷路旁**。

他站著不動，腳爪陷進泥地。這裡可能出現任何東西，但他不知道自己該怎麼辦。

他先做了幾個深呼吸，最後決定鑽進一株灌木底下。**我今晚先待在這裡**。可是如果他還是離姊妹幫很近，那怎麼辦？反正也不會有誰說他走錯路了，因為她們根本不可能知道公貓流浪時都在做什麼啊。他也許沒有走一整夜的路，但他也沒有回頭啊。

大地捲成一坨毛球，閉緊眼睛。他想念姊妹們溫暖的體溫，想念姊妹幫的聲響。

「祖靈，如果你們就在這裡，請庇佑我。」他低聲說道。「我很抱歉我看不到你們，但我希望自己是不孤單的。」

他傾聽聲音，繃緊耳朵神經。可是得不到回應。

等到森林裡黎明破曉時，大地才伸個懶腰，甩甩身子，將昨夜獨自入睡的寒氣和四肢的僵硬悉數甩掉。他現在隔著林子就能看到那條轟雷路，於是他轉身背對它，走進林子裡。

我要做的第一件事情應該是狩獵吧。如果他要獨自流浪，就得學會照顧自己。他小心嗅聞地面：有田鼠的蹤跡，還有一點地鼠的氣味，以及他昨晚留下來的味道，那味道一路直通回姊妹幫的營地。

他猶豫了一下。他真的得孤零零地流浪嗎？他可以選擇住在離姊妹幫近一點的地方獨自生活。他遊蕩的地方也可以就在姊妹幫附近，這跟距離她們很遠沒什麼差別吧。他決定了，於是循著自己的蹤跡往回走，並刻意放輕腳步。他昨晚走的路程比他想像中來得遠。等到他聽到姊妹幫的聲響時，太陽已經高掛天空。

「花瓣，別忘了把穢地埋起來！」

「我要拆掉舊臥鋪了。」

她們要拔營了，大地這才明白。他聽得出來她們正在做什麼……毀掉她們曾住過這裡的所有痕跡，才不會讓掠食者追蹤到新營地。

他爬上附近一棵松樹，隔著濃密的針葉叢低頭窺看空地。他猜得沒錯，姊妹幫正在忙，她們埋掉獵物坑裡剩下的殘骸，確保曾經睡過的窩穴沒有留下任何痕跡。

這種感覺就像她們等不及要擺脫掉我，大地心想。他知道這不是真的，可是他還是很難受，有種被掏空的感覺。難道她們不能多等幾天，確定他沒事再走嗎？

姊妹幫忙完後，就到月光那裡集合。大地鬆了口氣，因為他看到冰也在裡面。她看起來很憔悴，緊緊倚著母親，不過已經能夠站起來了。他很想跑過去，找她說上最後一次話，可是他能想像月光的表情一定會很不高興，只好原地不動。**再會了，冰，**他心想，**我希望妳會好起來。**

月光低頭輕柔地蹭蹭冰，然後直起身子帶領姊妹幫走出營地，進入林子，離開了大地。他目送她們，直到消失在視線裡。

再會了，他心想道，**大家再會了。**他覺得好像有尖銳的爪子劃過他的胸膛，**我想我是真的徹徹底底地落單了。**

第五章

大地走回自己的新窩穴時，暮色正要降臨，他的嘴裡叼著一隻地鼠。他現在的家還能看到姊妹幫的舊營地。**我沒有從自己的童年裡完全脫胎換骨**，他心想，充滿罪惡感地弓起肩膀。他目前的作為跟一隻公貓理當該有的行為完全背道而馳。

但起碼我還能狩獵，他心想，然後在窩穴入口蹲下來。他沒有忘記老鷹教過的狩獵技術，這一點令他意外。當他獨自專心狩獵時，獵物製造出的聲響對他來說其實都大到震耳欲聾。他咬了一口地鼠，試著享受咯滋咯滋地啃咬骨頭的樂趣。

可是沒有同伴，吃東西竟也變得索然無味。他不習慣獨自吃完整隻獵物。以前跟姊妹幫在一起時，總有貓跟他一塊分食。他又老大不願意地咬了一口鼠肉，同時望向那座舊營地，想像日升和冰正在育兒室旁邊玩打架遊戲；白雪在營地邊緣來回踱步，用銳利的目光提防任何可能入侵的掠食者；老鷹和花瓣帶了獵物回來；月光正在為她的窩穴製作新臥鋪；溪流正在日光下打盹……

溪流。他突然沒了胃口，大地將地鼠扔回地上，再往旁邊一揮。

天色漸暗，蒼白的星星開始現身。一陣風吹來，大地頭上的松樹枝葉跟著嘎嘎作響，他全身發抖，而且還是睡不好。夜裡他在窩穴裡常常睡不著，整夜緊張地聽著樹枝的斷裂聲或貓頭鷹低飛的呼嘯聲。

他尚未遇到任何惡棍貓，也沒有祖靈現身指引他。這個時候的他已經對孤單厭倦到無論誰來找他，他想他都會很歡迎。

我應該要能夠見到靈體，用後臀坐下來的大地蠕動著身子這樣想道。他的怨恨宛若一坨火焰越燒越烈。若是姊妹幫沒那麼早送他離開，他已經能見到祖靈了。要是他已經做好會見祖靈的準備，也做好獨立自主的準備，就不會那麼害怕了。

為什麼月光這麼執著於傳統？她說她認識一隻下場很不好的公貓，這又能證明什麼？如果是冰或日升，她就絕對不會因為過去以往曾發生什麼憾事就將她們兩個送走。為什麼一碰上公貓，規定就變得這麼死板？

氣呼呼的大地怒瞪著四周漸暗的林子。溪流死了，一切都不一樣了。現在他甚至連他朋友的靈體都見不到，這全是因為月光在他學會看見鬼魂前，就執意要他離開去流浪。

頭頂上方的樹枝再度傳來斷裂聲，大地猛地縮起身子。**要是溪流在我身邊就好了……**

也許他應該再試一次。也許他以前在營地裡是因為太害怕了，不敢見到溪流的靈體，所以才看不到。但現在……

大地環目四顧空蕩的林子。「溪流，」他喊道。以前月光在呼叫靈體時，嘴裡都說些什麼呢？他努力回想，然後清清喉嚨，再試一次。「溪流，如果你想來看我，我很樂意跟你說說話。」這樣好像還不夠。「溪流，」他繼續說道。「我很抱歉，我很不想你死掉。那場暴風雨太可怕了，我以為我們可以一起熬過來，沒想到我活下來了，你卻走了。我真希望這一切都不曾發生。」

夜風再度穿林而過。一棵松果被突如其來的風掃到，從大地窩穴前面滾了過去。這提醒了他以前常跟溪流、日升、冰、和煙霧在營地裡面到處拿松果擊打嬉玩的往事。「我很想你，」他接著說，喵聲沙啞。「我很難過你死了。如果你想來陪我作伴或只是打個招呼，都可以。我真的很想再見到你。」

大地靜靜等候。他瞪大眼睛，豎直耳朵，尋找溪流現身的任何蛛絲馬跡。可是這一方小天地裡只有寂靜。他甚至沒再聽到風吹的聲音。他全神貫注地聽，希望眼前能出現什麼。

頭頂上方那棵樹有東西在動。大地抬眼去看，心跳得厲害。

只是隻松鼠。太高了，追不到，最後那隻松鼠橫過樹枝，跳到另一棵樹上，逃離了他。

大地頭垂了下來，擱在腳上。他還是做不到。他永遠都見不到任何祖靈，也再也見不到溪流。

又或者……

要是說風掃過來讓松樹嘎嘎作響或者讓松果從他窩穴前面滾過去，全都是溪流傳給他的信號呢？他朋友是用這些信號在告訴他，他其實沒有離開他？

大地興奮到毛都豎了起來，於是甩開原本氣餒的念頭。**也許我跟靈體溝通的方式與姊妹幫的不同，**他心想。畢竟誰說鬼魂在貓面前都是用同樣的方式現身？

他又傾聽了一次，這次更用力了，而且還瞇起眼睛細看暗處，希望能再見到那顆松果。「溪流，給我一個信號吧。」他低聲道。

但什麼也沒發生。

他的希望漸漸落空。大地嘆口氣，低下頭，爬進他在蕨葉叢底下做的臨時窩穴。如果他明天要狩獵，就得先睡飽才行。搞不好改天就能聯繫上溪流了。如果姊妹幫說的是真的，他一定會聯繫上。

或許吧。

第二天早上，大地緩步穿過姊妹幫舊營地盡頭的矮木叢，張開嘴巴，嗅聞空氣。灌木叢裡有窸窣聲響，他發現那是田鼠的氣味。他繃緊肌肉，低下身子，肚皮貼地，開始潛行，全神貫注地聽著田鼠的心跳聲。

等一下。大地聞到新的氣味，他猛地直起身子，對田鼠不再感興趣。**是貓！**他提防地四處瞥看，以為是惡棍貓，後來發現那味道很熟悉，於是更大力地嗅聞。

日升、荊豆、老鷹、風暴、月光、冰。大地突然心痛。原來是姊妹幫離營後所殘留的味道。雖然已經過了很多天，但因為一直沒下雨，所以味道還在。

她們爬上了那座山丘，大地用鼻子嗅聞地面，這樣想道。他當然早就知道她們的去向，畢竟他曾偷窺她們離開。大地循著她們的味道，往山上走。在山頂上他發現她們曾短暫逗留。**她們一定是想讓冰休息一下。**沒錯，這裡有塊地方都是她的味道。她當時可能躺在這裡，他一邊想一邊嗅聞。然後她們又繼續往山下走。冰走的位置離隊伍中央很近。**至少她身體已經恢復到可以旅行了，**他繼續追蹤她們的氣味。

太陽已經過了天空的中心點，這時大地終於承認：我是在追蹤她們，我要找到她們。

他知道這是很爛的點子。要是被姊妹幫發現，她們可能會生氣，甚至可能攻擊他。**她們已經把我送出去了。公貓一旦長大，就不應該再跟姊妹幫住在一起。**

可是他還沒長大，不是嗎？月光太固執了，她就是不肯承認他還沒做好獨立自主的準備。

他已經試著獨自生活一段時間，但感覺糟透了。他無時無刻不在害怕，而且總是很冷，他到現在都還沒辦法離開熟悉的領地太遠。他很孤單。也許如果他現在找月光談，她會看清事實，他就是看不到任何靈體，所以沒有貓能指引他……他需要更多訓練。也許他能說服她們讓他回去，只要再待一陣子就好。她們一定也很想念他，畢竟都是一家子。

他真的真的很想再見到她們。

他繼續往前走，一路追蹤姊妹幫的氣味。

遠處傳來怒吼聲。大地趨近，怪獸的嗆鼻氣味迎面撲來。**轟雷路**。姊妹幫的氣味直接通到那裡。

他從矮木叢裡出來，步上轟雷路旁邊的草皮，頓時失望，胃跟著揪緊。這裡的怪獸速度快到好似正在互相追逐，不停發出怒吼，牠們繞過彎路，茫然的目光直接掃過他，臭味又嗆又濃。大地蹲低身子，大口喘氣，只希望怪獸全神貫注在彼此身上，別留意到他。

他小心嗅聞地面，心想也許月光已經掉頭，帶領姊妹幫離開這可怕的地方。這裡味道這麼臭，實在很難分辨出姊妹幫的氣味。可是等他終於找到氣味痕跡時，卻發現它直接通向轟雷路。

我辦得到的，大地咬緊牙關，怒瞪來往的怪獸。他以前曾穿過轟雷路幾次，但都是跟著姊妹幫走。他可以再穿行一次。

他從來沒有穿行過這麼多怪獸的轟雷路。不過方法應該大致一樣。大地等待怪獸通過的空檔，並試著回想以前他們穿行時，月光做過的事。

最後他終於等到沒有怪獸穿梭的空檔，不過還是聽得到牠們的怒吼聲，就在不遠處。

「直接走過去，速度愈快愈好。」大地咕噥道。「絕對不要逗留。」這是月光曾給過的叮嚀。大地貼平耳朵，身子壓低，拔腿就往前奔。

他才跑到一半，怒吼聲竟愈來愈大，愈來愈近。他抬眼一看，倒抽口氣，腳掌在轟雷路粗糙的黑色路面上打滑，一頭怪獸正朝他衝過來。

牠狂聲怒吼，那聲音比牠平常的吼叫聲還要響亮低沉。大地驚叫一聲，驚慌失措，拔腿狂奔，他不知道自己竟然可以跑這麼快。他四周的世界模糊成一片，他無法思考，無法感受任何事情，只有砰然作響的心跳聲和腳掌撞擊地面的聲響。

他的腳掌撞上短草地，觸感比轟雷路柔軟多了，他踉蹌幾步，才啪地趴倒在地。怪獸又在嚎叫，呼嘯而過時，大地竟意外看到裡面有一頭身上沒毛的兩掌獸。大風跟著捲起，吹亂他的毛髮。

大地試著不去回想自己剛剛差點就被怪獸肥胖的黑色腳掌碾斃。他躺在草地上，筋疲力竭，氣喘吁吁。

過了一會兒，他緩緩起身，開始搜找姊妹幫的氣味。最後他找到了……那味道是呈一直線地遠離轟雷路。大地總算鬆了口氣。

他會找到她們的。也許……只是也許……她們不會再趕他走。他希望不會。畢竟他已經受了這麼多苦。

第六章

隔天早上，大地追蹤的氣味有了變化。這裡姊妹幫的氣味更新鮮了。就在他循跡追蹤，經過一棵巨大的老橡樹時，大地聞到姊妹幫的氣味竟通往四面八方，互相交錯。他發現到這一點的時候，正好從林子裡走出來，進入一處開闊的荒原，平坦的地面上盡是隨風搖擺的長草，只有零星幾株低矮的灌木。這裡的姊妹幫氣味更濃郁了。他不用再追蹤她們，因為他已經找到她們的新營地了。

大地本能地貼平耳朵，蹲低身子。**我不想讓她們看到我**。要是她們的營地是在林子裡，那就好辦多了，才好方便他藏身在樹枝間先行觀察，再決定是不是該靠近。**要是她們認為我是在攻擊她們呢？又或者要是她們攻擊我呢？**他從來沒聽過有公貓從流浪的旅途裡回歸的。

他滑出爪子，沮喪地刮著地面。他大老遠地回來，現在卻害怕再度面對姊妹幫。為什麼她們不要他呢？就因為他是公貓？她們都是他的親朋好友啊！

大地甩動尾巴，轉身離開荒原，退回林子裡面。如果她們又只是想送他走，或者使出尖牙利爪驅趕他，那麼來此的目的何在？他還不如趕在她們開口前，自己先離開。

他又走了一步，然後才朝荒原轉身。**我都已經走了這麼遠的路來到這裡，難不成就這樣離開了。**她們可能會趕他走，但是他離她們這麼近，不設法找她們說上幾句話，未免太可惜了。搞不好她們會要他留下來，搞不好她們只會生氣一下下而已……但至少不會再孤單了。

大地抬高頭，大步走進荒原。他知道月光向來會挑選什麼樣的營地。他很確定姊妹幫一定會在草地上隨處可見帶刺的小株灌木底下製作窩穴。他瞄到有一小簇挨生在一起的灌木很像是她們會入駐的窩穴，於是走過去。

「嘿！」尖銳的吼聲從他後方響起。大地趕緊轉身。

冰怒瞪著他，背上的毛都炸了開來。不過等她看清楚他的臉時，表情瞬間從憤怒變為驚奇。「大地？」她問道，眼睛瞪得斗大。「你來這裡做什麼？」

大地深吸一口氣。冰看起來很健康，毛髮發亮，眼睛有神。不管等一下的結果是什麼，至少他很高興看到她完好無恙。「妳身體好了。」他喵嗚道。

冰看上去很開心。「你離開時，我剛好病重，根本沒有機會跟你好好道別。」她喵聲道。「這是你來這裡的原因嗎？你是來看我的？」

「也算是吧。」大地嘆口氣，在草地上坐了下來。「我想看看妳，也想看看大家。」他懷抱著希望。一開始就單獨撞見冰也好。至少她會聽他說話。搞不好她也會在月光面前幫他說點好話。

「你怎麼了？」冰環顧四周，好像在打量有沒有其他貓，然後才在他旁邊坐下來。她捲起尾巴，整齊疊放在腳掌處，表情一本正經。「你知道你現在應該要在外面流浪才對。母親告訴我，如果我們以後要再見面，也得靠機運，而且可能是很久很久以後的事了，但現在還不到一個月！」

「我辦不到。」大地脫口而出，好似把他流浪期間忍住的苦水一次全吐了出來。「我試過了，可是我好孤單。獨自流浪好可怕，一切的感覺都不對勁。」他垂著頭。

冰的目光裡滿是同情。「大地，我很抱歉。」她告訴他。「也許你應該往另一個方向走，搞不好就會遇到其他公貓。他們一定都在那裡。」

「妳怎麼知道？」大地回嗆她。「姊妹幫不會知道公貓離開後的生活過得怎麼樣。他們可能全都死了，或者去兩掌獸那裡當萬年小貓了，反正姊妹幫也不在乎。」

「我們在乎。」冰反駁道，目光垂下來，看著地面。「可是傳統習俗就是這樣啊。」

「我就是不懂為什麼。」大地弓起肩膀，聲音變得很小。「我想回來姊妹幫這裡。」他繃緊全身肌肉。或許冰能幫他。或許他還是回得來。

可是冰難過地搖搖頭。「大地，你知道規定是什麼。公貓不能住在姊妹幫裡。你必須去流浪，去守護這片土地。」

「我知道。」大地突然覺得自己好渺小好可憐。他早就知道了，不是嗎？就算他的手足站在他這邊，姊妹幫裡的其他貓也不會同意。姊妹幫絕對不會再讓他加入。

「真的很糟嗎？」冰試探性地問道。「也許我可以……」她遲疑了。

「妳幫不上忙的。」大地告訴她。有部分的他很想求她去跟月光說情，但他也知道不會有任何改變。如果冰得花上很多時間去幫他解決問題，那就沒辦法為姊妹幫分擔責任了。她們需要她去狩獵和巡邏，還有教導更小的小貓，就像其他姊妹的工作一樣。如果她老是在擔心他，一定會拖累其他姊妹。

他艱難地吞了吞口水，繼續說道：「沒關係，妳說得對……我不屬於這裡。但我想再見見妳。」

「我很高興你來看我了。」冰傾身向前，好像想蹭蹭他的面頰，但臨時又縮了回去。**她不想讓其他姊妹聞到身上有我的氣味，**大地突然明白，尾巴垂了下來。「你真的不會有問題嗎？」她滿懷盼望地說道。

「當然不會有問題。」大地知道自己在撒謊。他站起來，抬高頭。「我想我們以後不會再見面了。」他喵聲道。

他轉過身去，這時冰回答。「我希望這不是真的。」她的聲音顫抖。

大地不忍回答，他直視前方，快步離開。等他拉開跟冰的距離後，立刻拔腿狂奔了起來。

我再也回不去了。

等到太陽下山，大地已經遠離姊妹幫的營地。他離開冰之後，便不停狂奔，一直跑到自己氣喘吁吁，腳掌痠痛為止。等他終於停下來的時候，已經沒有時間去找一處好窩穴過夜了，只能在一株赤楊木底下的窄坑裡翻來覆去地試著睡著，可是樹根老是扎到他的腰腹。

我明天要做什麼呢？我這後半生要做什麼呢？

他的胃在咕嚕咕嚕地叫。在見過冰之後，他就沒有心思尋找獵物。**也許這就是公貓離開姊妹幫後會有的下場**，他心想，**他們會挨餓，因為他們太孤單了，以致於無心狩獵。**

他無法想像以後得這樣繼續過下去。大地翻了個身，想找個比較舒服的睡姿，結果又撞到另一條樹根，他嘴裡嘟囔，只好瞪看著遠方兩掌獸地盤上的燈火。

也許他明天應該去那裡。不會照顧自己的貓，最後都會淪落到那裡，不是嗎？他們會變成兩掌獸的萬年小貓。這個念頭令他不寒而慄，他才不想變成那樣。

可是他什麼都不會。他總不能獨自流浪一輩子吧。

一個粗嘎的聲響突然出現，就在不遠處，大地倏地回神。**是狗吠聲嗎？**他聞到風裡有某種味道：一種很濃的肉羶味，他背上的毛全炸了開來。**是狗？**他曾聽過狗吠聲，也曾看過遠處的狗，但從來沒近距離接觸過。月光告訴過他，狗很危險。大地站起來，窺看暗處，想知道味道從哪裡來。

他右邊出現窸窣聲響，大地默默地往後退，繞過樹幹，小心輕踏腳掌，不發出一點聲響。可是又有一個聲音——是奇怪的叮噹聲，自他的另一側，接著後方傳來吼聲。**不只一條狗，是好幾條！**大地愣在原地，心臟狂跳。牠們把他包圍了。三條狗，全衝著他來。

他現在看得到牠們了：一條黑色大狗，有雙金黃色的眼睛，舌頭垂掛在外，氣喘吁吁。另一條狗體型較小，是棕色的，已經亮出森森白牙。還有一條是黑白交錯的長毛狗，把他當獵物一樣盯著看。牠們緩緩朝他趨近，彷彿確定他一定逃不掉。

大地根本動不了，也幾乎無法呼吸。**這是他生命的終點**。

突然間，尖銳的吼聲響起。一隻陌生的貓從暗處衝過他旁邊，撲向狗群。月光下，尖爪的冷光一閃而逝，劃向黑狗鼻子，同時回頭朝大地喊道：「快逃！」

第七章

大地只跑了幾條尾巴的距離，就鑽進纏生的蕨叢裡。神情驚駭地回頭查看。月光下，他看到那隻陌生貓兒毛髮淺淡，體型不大，但行動敏捷，輕鬆地躲閃狗群的森森白牙。他的爪子劃過棕狗的肩膀，接著放聲一吼，跳上長毛狗的後背，尾巴的毛全炸了開來。

長毛狗淒厲慘叫，衝進黑暗裡，另外兩條狗也追在後面。陌生貓仍騎在狗背上，尾巴前後揮動，穩住身子，同時揮爪狠抓長毛狗。大地瞠目結舌地看著他們消失在林子裡。他應該逃走嗎？還是應該追在狗後面，去幫助陌生貓？那隻貓雖然神勇，但最後狗群一定會停下來啊。

大地還沒決定該怎麼辦，陌生公貓竟然就悠悠在在地閒晃回來，映入眼簾，頭抬得老高。他的眼裡有光在閃爍，看起來似乎很得意。「小貓，你有受傷嗎？」他問道。現在他們已經離彼此很近了，大地才發現對方的毛色跟他一樣是黃色的。那雙綠色眼睛閃著亢奮的光。

「我……我沒事。」大地回答道。他突然靦腆……他不曾單獨跟成年公貓說過話。而且這隻公貓太神勇了，還救了他一命。「你好厲害，竟然把三條狗都趕跑了。」

「你只要保持頭腦冷靜就行了，」公貓喵聲道，同時覷著大地看。「你年紀太小，怎麼獨自在外流浪？」

「我年紀不小！」大地不太高興，趕忙把身子站高。「我已經快七個月大。」好

吧，六個月又多幾天而已。

公貓的鬍鬚微微抽動。「我沒有看輕你。」他喵聲道。「我叫阿根，很高興能幫上忙。」

「謝謝你。」大地告訴他，同時有點不太好意思。對方救了他，他應該有禮貌一點才對。「我叫大地。」

阿根的眼裡閃過一絲興味。「這名字很了不起喔。我相信你長大後一定會很有抱負。」他對大地親切地點點頭。「那就自己保重囉，記得提防陌生的狗，下次恐怕只能靠自己了。」

「我會的。」大地承諾道，但他有點不明白，阿根是要走了嗎？萬一那些狗又回來了，那怎麼辦？

阿根彈了一下尾巴，轉身就要離開。大地看著他，然後又看看四周幽暗空蕩的矮木叢。**我不想單獨待在這裡**。於是他默默跟了上去。

阿根走了幾步之後，停了下來，耳朵指著大地。「你迷路了嗎？」他問道。「你需要幫忙嗎？」

「呃……」大地垂下尾巴。「我其實不算迷路，但我不熟這地方，不確定哪裡才安全。」他猶豫了一下，想到阿根的第二個問題：**我需要幫忙嗎？**

阿根轉過身來，上下打量大地，遲疑不決，似乎正在做什麼重大決定。「好吧，」他終於喵聲道。「我知道一個地方，可以讓我們晚上好好睡上一覺。」

「真的？」大地開心地跑到阿根旁邊，毛髮輕刷彼此。「我可以跟著你嗎？」

阿根表情冷淡地彈動尾巴。「就一個晚上，」他回答。「明天我會陪你在這裡四處看看，幫你找個地方做營地。我只是剛好路過這兒。」

「我也是啊。」大地告訴他。他們並肩齊行。大地腳步輕快，開心得不得了。如果阿根願意陪著他，那自然更棒了……**也許等他比較了解我之後，就會願意了，**大地心想，**能有貓作陪一陣子也不錯，哪怕只有一個晚上。**

他挨近阿根，跟上大公貓的腳步節奏。阿根不停四處張望，嗅聞空氣，耳朵朝四周動來動去。「你必須隨時保持警覺。」他告訴大地。「對獨行貓來說，森林裡到處是危險。」

大地點點頭，挨他更近了，一想到森林裡處處是危險，身上的毛就炸了開來。

最後阿根停在一株高聳的橡樹前面。「這棵樹看起來不錯。」他開心地說道。

「它好在哪裡？」大地循著阿根的目光往上望著那朝四面八方伸展的枝葉。「等一下，」他眨眨眼睛，喵聲道。「你要睡在樹上？」

「樹是最適合睡覺的地方。」阿根告訴他。「誰都抓不到我們。而且醒來的時候，很方便看清楚四周的地形。」

「話是沒錯啦，可是……」大地開口道。**要是掉下來怎麼辦？**他曾爬上樹去勘查地形或者抓松鼠。但一想到要睡在這麼高的地方，就令他毛骨悚然。

可是阿根已經爬上樹幹。「來吧！」他愉快地喊道。不想被丟在後面的大地只好跟上去。

到了樹上，阿根點頭指著樹幹與茂盛的樹枝接合的地方。「那地方不錯，很安全。」他喵聲道，隨即把身子攤平躺下來，同時巴住隔壁的枝葉，垂下尾巴，閉上眼睛。

大地小心轉身，在樹枝上蜷伏下來，身子緊緊貼著樹幹。微風徐徐，吹亂他的毛髮。這樹枝感覺很結實，而且身下還有很多空間。

他抬眼望著星星，覺得這是自他離開姊妹幫以來最舒服自在的環境了。阿根說得沒錯。睡在樹上，比什麼都好。要是有任何動靜，阿根也在旁邊。微風穿過樹枝，樹葉跟著低聲呢喃。

大地突然睏了，他閉上眼睛，聽著阿根均勻呼吸聲，他提醒自己並不孤單，於是很快沉入夢鄉。

隔天一大早，升起的太陽喚醒了大地。他打個呵欠，伸個懶腰，覺得是這一個月來他睡得最飽的一次。

樹枝旁邊的臥鋪空蕩蕩的。大地環目四顧，先看樹上，再看地下，但都沒有阿根的蹤影。**他該不會不告而別了吧？**大地不確定：大公貓雖然和善，但早就表明他不想有同伴。也許他決定不幫大地找營地了。**畢竟連姊妹幫都離棄了我，**大地心想道，**而她們還是我的親友呢。**

他爬下樹，先四處嗅聞阿根有沒有在附近……沒有……然後才仔細舔洗自己的腳掌和耳朵。**我該留下來還是離開？**他納悶地想道。要是阿根沒有回來，那也沒什麼理由再待下去。他可以繼續自己的流浪旅程，尋找更適合的地盤。可是他很想再見到對方。於是大地決定至少待到日正當中。

一陣冷風吹亂他的毛髮，大地弓起肩膀，沒有貓兒互相依偎，尤其感覺寒冷。哪怕只有一個晚上身邊有另一隻貓陪伴，都讓他覺得很難再走回孤身流浪的那條路。

大地嘆口氣，想起了溪流。他那天晚上在林子裡真的有跟他的朋友連上線嗎？溪流真的有讓一顆松果從他窩穴面前滾過去嗎？

他閉上眼睛，試著全神貫注地想著溪流，就像以前那樣。「溪流，」他喵聲道，「如果你想來找我，我會很開心，我想再跟你說說話。」他繃緊自己的五官，耳朵和鬍鬚微微抽動，渴望捕捉到他朋友的任何蛛絲馬跡。**但什麼也沒有。**

「求求你來找我。」他繼續說道，聲音顫抖。「我在試了，我已經在試了，但我討厭獨自流浪。我甚至還跑回姊妹幫那裡。」他承認道，同時壓低聲音。「我知道我不應該跑回去，可是我太孤單了。她們絕對不會再接納我了。」他突然一把怒火。「這不公平，」他喵聲道。「溪流，我們年紀還這麼小，她們就把我們送走，只因為我們是公貓。我不知道要怎麼照顧自己。但她們根本不在乎。有時候我在想，要是姊妹幫本來就打算拋棄我，那我還不如不要出生算了。」大地緊閉著眼睛，又接著酸楚地說：「我永遠不會原諒她們。」

他停頓一下，喘口氣，這時聽到很小的聲響，附近好像有腳步聲。**是溪流來了嗎？**

他懷抱希望地睜開眼睛。

溪流的靈體沒來，但阿根來了。嘴裡叼著一隻肥美的松鼠，瞪看著大地。大地尷尬地看著他，不知道該說什麼。阿根站在那裡多久了？他有看到大地閉著眼睛自言自語嗎？

阿根丟下嘴裡的松鼠。大地一臉憋屈地等著他開口。可是當阿根開口說話時，完全出乎大地意料之外。

阿根以一種欲言又止的語氣說道：「你認識一群全是母貓的團體嗎？她們都是體型很大的長毛母貓？」

「你知道姊妹幫？」大地驚訝地問道。可是阿根的表情黯了下來。

「我跟她們很熟，」他憤憤不平地說道。「我有一段時間跟她們住在一起。」

大地瞪大眼睛。阿根是被送出來流浪的公貓嗎？是姊妹幫裡較早期的公貓嗎？「你這話什麼意思？」他問道。「那是什麼時候的事？」

「我是姊妹幫裡其中一位成員的伴侶貓，」阿根告訴他。「我跟她在一起一段時間。我以為她們很棒、很強壯、很厲害。我的伴侶貓當時懷著我的小貓。但那時月光和其他貓竟丟下我就走了。她說公貓不能跟她們一起去旅行，她們居無定所，所以必須把我留下來。」他憤怒地甩打尾巴。「她毫不猶豫地離開了我。」

大地瞪看著阿根，震驚到全身麻木。**月光？**阿根的毛髮也跟大地一樣是黃色的，而且他留意到他其中一隻腳有六根腳趾，也跟大地一樣。**他是我父親嗎？**

他緊張地舔舔胸毛，然後小聲說：「她們也丟下我。我是她們的其中一隻小貓，可是公貓在滿六個月後，就不能跟姊妹幫繼續住在一起。」

「你看吧？」阿根憤怒地喵聲道。「我就說姊妹幫很冷酷無情。她們食古不化，完全沒有同情心。」他的聲音低到就好像在自言自語。

大地朝他上前一步，心臟狂跳。「月光是我母親。」他喵聲道，希望阿根能理解他話中含意。

阿根瞪大綠色眼睛看著他。「你說你六個月大。」他繞著大地，用目光打量，好像正在評估大地在他們身上所看到的共通點：體型、腳掌、黃色毛髮。

「快要七個月了。」大地提醒他。

阿根還是瞪著他看。「你是我兒子。」他恍然大悟，語氣驚訝。「你一定是。」

「我猜應該是吧。」大地低聲道，別開目光。他突然靦腆到不敢直視阿根的眼睛。

現場靜默了一會兒，然後阿根突然怒吼。大地的心沉了下來。**連我父親也討厭我。**

「她們拋棄你？」阿根滿腔怒火。「你這年紀根本沒辦法照顧自己。你看昨天晚上的事。那些狗差點就宰了你。」

大地瞪大眼睛。雖然阿根很生氣，但大地的胸口湧起一股暖意。阿根氣的是姊妹幫棄大地而去。他也認為大地年紀太小。

「她們心腸真是狠，」阿根又在怒吼。「連她自己的小貓，都能狠心拋棄，就像拋棄我一樣。」

「可是我們現在找到彼此了啊。」大地熱切地說道，同時快步走上前去，停在阿根面前。「月光和姊妹幫丟下我們兩個，可是現在我們可以互相照顧了，這樣不是很好嗎？」

阿根頓了一下，瞇起眼睛。大地吞吞口水。「不是嗎？」

阿根別開目光。「我告訴過你，我是獨行貓。」他小聲說道。

「可是……可是你不是很氣月光棄我不顧嗎？」大地爭辯道。「你也要離開我？」

「這不一樣。」阿根嘟囔道。

「一樣。」大地很執著。他伸出爪子，劃著腳下的地面。他本來好開心，但只開心了一下下。

「你聽我說，」阿根告訴他，語氣愧疚。「我們可以結伴一、兩個月。我會教會你如何照顧自己。我保證我會協助你，直到你準備好為止，而不是像姊妹幫那樣直接拋棄你。」

「你會嗎？」大地問道，心裡燃起一線希望。

「我會，」阿根保證道。「我會把你必須學會的知識全數教給你。不過我獨自生活慣了，如果有親友作伴，就得為他們負起責任。而且全心倚賴另一隻貓太累了，要是有一天失去了對方，就等於撕裂自己。所以最好還是別倚靠任何貓。這是月光教會我的。」他酸楚地說道。

「好吧。」大地同意道。這總比什麼都沒有要好。他可以跟阿根一起生活一個月，甚或兩個月，到時他就能學會如何照顧自己。阿根很聰明很堅韌，一定能教會他很多東西。誰知道呢？一兩個月還很久。**或許到時阿根就改變主意，決定跟他生活在一起了。**

「好，」他重複道，語氣開心多了。「我的第一堂課要學什麼呢？」

「這個嘛，」阿根喵聲道，語調很熱情。「從你的名字開始！」

「我的名字？」大地問道，一臉不解。

阿根的眼裡閃著揶揄的光。「就像我說的，原來的名字對一隻你這種體型的小貓來說太沉重，而且它是姊妹幫取的名字。你現在不再是姊妹幫的成員，不是嗎？你可以挑一個你自己想要的名字。」

大地思考了一下。他還想繼續使用月光給他的這個名字嗎？他想要她給的任何東西嗎？他環目四顧。

在他上方是那棵用茂盛枝葉供他和阿根睡了一場好覺的橡樹。它紮實又舒服，照顧了他們一夜，從來不曾離開這裡。

「你說得沒錯，」他告訴阿根。「我不想再用大地這個名字，從現在起，我要改名叫做樹。」

第八章

「我跟你說，這是最好的方法。」阿根喵聲說道，同時站起來，甩掉身上的葉子。他彎下腰，張嘴叼起他剛宰殺的老鼠。

「我不認為這種隨地一躺，等獵物認定你是灌木不是貓，算是最好的狩獵方法。」樹語氣懷疑地回答。阿根抬起頭，同時用動嘴裡的老鼠，彷彿在說，**可是你看到這隻老鼠了嗎？**樹忍不住爆笑出聲。

「好啦，我懂你的意思啦。」樹承認道。「來，我把牠帶回營地，除非你現在就餓了。」

「太好了。」阿根喵聲道，同時把老鼠扔在樹的腳下。「我繼續狩獵。」他又躺了下來，並在背上放了幾片葉子偽裝。

樹好笑地甩甩頭，將老鼠叼回樹下，他們晚上是在這棵樹上面睡覺。他伸爪刨出一些土，把老鼠埋進去存放。

樹和他父親同住的這兩個月學會了很多。阿根狩獵的方法跟姊妹幫的不一樣：他認為要盡量靠最省力的方法來照顧自己。所以他不只有奇特的狩獵方法，也會教樹去兩掌獸的垃圾或者萬年小貓還沒清理掉的食碗裡找東西吃。他教樹如何挑選最舒適的定點休息，向他示範各種格鬥技巧，而且他的一些提點也格外管用：譬如如何弓起後背和怎麼怒吼來嚇唬惡棍貓和狗，這樣就不用費力打架了。

要是沒有阿根，我恐怕會過得很慘，樹一邊把枯葉蓋在他埋老鼠的地方，一邊這樣想道。

又有一片葉子從樹上飄下來。樹的尾巴垂了下去。冰凍季快來了。阿根曾說他們只會同住一兩個月，而現在已經兩個月了。

樹知道自己欠阿根很多。但……如果他們分道揚鑣了，他又得孤零零地四處流浪。

要是他不能跟阿根一直住在一起，他希望自己能跟姊妹幫一樣，因為如果他能跟土地對話，看得到靈體，就不會孤單了。他能辦到嗎？月光告訴他，總有一天他能辦到。可是他已經很努力，還是什麼也沒有……

他直起身子，突然靈光一閃。也許……只是也許……畢竟從小到大，很多事情慢慢起了變化。他現在不僅個子變大了，也變得比較聰明和有能力。有沒有可能以前土地拒絕跟小時候的他對話，但現在願意了？

樹有點緊張地環顧四周，確定阿根不在。阿根不喜歡聽到任何跟月光或姊妹幫有關的事情。他也不喜歡看到樹學她們的行為模式。可是他不在附近，於是樹在枯葉堆中間舒適地坐下來，試著回想月光教過他的技巧。

對了，我想起來了，他應該要跟草合而為一。樹緊閉眼睛，用力聽。要是他能做對，就能聽到草、葉子、樹都在跟他對話。他的耳朵神經繃得死緊，閉住氣，用力傾聽。**什麼也沒有**。他是怎麼回事？為什麼還是辦不到？

他聽到腳爪踩碎枯葉的聲響，倏地睜開眼睛。阿根從蕨葉叢裡走了出來，正看著他。「你在做什麼？」他問道。

樹尷尬到全身發燙。他吞吞吐吐，渾身不自在，蠕動著腳爪。「我……想跟草對話。」他小聲說道。「我是公貓，理當要會做這件事，卻一直做不到。」

阿根走過來在他旁邊坐下。「草真的有很多話要說嗎？」他問道。他沒有嘲笑，但鬍鬚微微抽動。

樹怒瞪他。「公貓是這片土地的守護者。」他告訴他。「如果我沒辦法跟我四周的世界交談，怎麼做我本該做的事情呢？」他低下頭，擱在自己的腳上。「我老是失敗。」

阿根猶豫了一下，然後用尾巴輕輕刷過樹的後背。「你聽我說，」他喵聲道，眼神溫暖同情。「不是所有貓都相信姊妹幫的那一套。公貓不見得要守護這世界。但這世界還是繼續運轉啊。」

「月光告訴我們……」樹正要開口。

「你都沒跟月光和姊妹幫住在一起了，」阿根打斷他。「何必再照著她們的規矩來過日子？你已經改了自己的名字，除非你自己想要，否則也不必再照著她們的話來做了。你必須當自己的主宰。」

那我自己想要什麼呢？我想當什麼樣的貓呢？樹不知道，不過他覺得心情好過多了。也許不想流浪，不想守護這片土地，也沒關係。是姊妹幫叫他離開的，不過也許他自己也會選擇離開。

這主意是很棒……卻很孤單。

「我想再試試看跟土地對話。」他告訴阿根，「因為我需要有貓能陪我說話。」阿根一臉不解，樹趕忙解釋，滔滔不絕。「我很感激你為我所做的一切，」他說道，「如果你當初沒讓我跟你同住，我現在可能已經死了，或者已經放棄，跑去當某頭兩掌獸的萬年小貓了。我知道你是獨行貓，我不可能永遠跟在你身邊。就算只相處了一兩個月，也是很棒的經驗。但我知道這一切終將結束。」

阿根抬起其中一隻後腿，抓抓耳朵。「嗯，」他緩緩開口，抬眼看著天空。「你是不錯的狩獵者，但我還有很多絕活沒教你。你需要知道怎麼幫自己建立地盤。也許我們再同住一陣子好了。」

表情疑惑的樹正要開口拒絕，以前他跟姊妹幫同住時已經換過不少地盤，他相信自己這方面可以處理得來，但他突然閉上嘴巴。阿根的眼裡有窘迫的光一閃而逝。

原來他不希望我走，樹總算明白，**他也捨不得我。**也許阿根並不如他自己以為的那麼想當獨行貓。

樹的胸口暖烘烘的，感動地對著他父親眨眨眼睛。**阿根說得沒錯，**他心想，**我想當什麼樣的貓都可以，也許我只是想當阿根的兒子。**

「我以為你只會等著獵物來找你。」幾天後，樹這樣說道，同時跟著阿根穿過林子。

阿根不屑地彈動尾巴。「如果想抓老鼠，那招還行。」他回答。「但我今天想吃兔子，兔子就得費點功夫了。」

樹開心地揮動尾巴，與他結伴而行。空氣中帶著一絲寒意，但還有一兩個月冰凍季才會真正到來。天氣還不冷，所以獵物仍然肥美。一想到兔子，樹便忍不住流口水。

「你看，」阿根輕聲說道。他們已經來到一處陽光普照的空地邊緣，那裡有兩隻兔子正在啃食青草的長梗，並不時用後腿站起來偵測掠食者。

「我們一人抓一隻。」樹小聲說道，但是阿根搖搖頭。

「如果我們兩隻都追，一隻也抓不到。我們抓大的那隻好了。你先繞過去，把牠朝這裡趕。」

樹點頭答應，靜靜地繞過空地邊緣，同時小心翼翼地覷看兔子。較小的那隻突然抬高頭，抽動耳朵，愣在原地，嗅聞空氣。然後又開始回頭去吃草，這時樹直接朝兔子走過去，身子低到肚皮幾乎貼地，完全隱身在長草叢裡。

就在他快走到兔子那裡時，兔子才突然愣住，後腳用力一蹬，分頭逃竄。樹這才明白阿根說得沒錯，要是他之前沒先確認要追哪一隻，現在一定兩頭落空。他追在大兔子的後面，那是一隻肥胖的棕色兔子，有白色的耳朵，他緊跟在後，把他朝阿根蹲伏所在的位置追趕。

兔子速度比他快，但沒關係，牠才往前拉開幾步距離，阿根就從前方草叢裡衝出來，瞬間逮住牠，咬住喉嚨，當場斃命。

「樹，做得好！」阿根開心地喊道，他抬起頭來，胸口仍濺灑著兔子的血。

「你也是啊。」樹喵聲道。兔子看起來很可口。「你想在這裡吃？還是帶回林子裡？」

「我覺得回到自己的地盤比較保險，」阿根回答。「過來幫忙我扛牠。」

他們把兔子夾在中間，協力抬回林子裡。獵物沉甸甸地叼在樹的嘴裡，那溫熱新鮮的氣味令他很開心。他的胃咕嚕咕嚕叫，於是扔下兔子說：「我快餓死了，也許我們就在這裡吃吧。」

阿根丟下他那頭的兔子，正要喵嗚大笑地說什麼，突然停下動作，嗅聞空氣。「你有聞到嗎？」

樹也嗅聞空氣，試圖聞出除了兔子以外的其他味道。有某種東西……那東西有肉腥味，令他全身毛髮瞬間倒豎。「那是什麼？」他問道。

「是狐狸。我們最好快點離開。」阿根告訴他。他彎腰拾起兔子，直起身子，但背上的毛瞬間炸開。樹循著他的目光去看，剛好看到一隻瘦削的紅色生物從林子裡鑽出來，朝他們衝過來，亮出森森白牙。

「快逃！」阿根大聲喊道。可是樹怒聲一吼，緊緊貼著他父親。他不會棄阿根於不顧。

這時狐狸已經撲上來，牠的尖牙比狗還銳利，牠大口一咬，樹趕緊閃開，肩膀被牙尖擦到，一陣劇痛。可是阿根教過他如何格鬥。於是他趴到地上，從狐狸底下鑽過去，爪子順勢劃過對方肚皮。阿根跳到另一頭，揮爪猛抓對方肩膀。

我們贏了！樹心想，洋洋得意的同時也感到驚恐，因為狐狸突然尖聲大叫，朝他扭身。樹再度躲閃，但竟不小心在葉堆上打滑，跌了一跤，腰側重擊地面，痛得他喘不過氣來。

我必須快點起來，他心裡明白，但是他無法移動，只看到森森白牙，狐狸正朝他而來。整個世界變成了慢動作。樹無法移動，這**就好像以前惡棍貓的攻擊一樣**，他模模糊糊地想道，腦海裡突然想起老鷹。

這時黃色身影閃現，阿根衝了過來擋在樹和狐狸那嘴尖牙中間，接著一切又變成快轉。「阿根！」樹大叫。他總算爬了起來，正好看到阿根怒聲一吼，爪子劃過狐狸眼睛。狐狸痛得往後踉蹌，隨即夾起尾巴逃之夭夭。

「太神勇了！」樹氣喘吁吁地喊道。他轉向阿根，但阿根站得搖搖晃晃，目光呆滯，跌了下去，樹這才發現鮮血從他的腰腹汩汩流出。

「阿根！」樹倒抽口氣，衝向他，嗅遍全身，尋找傷口。結果在他腰側找到很深的口子，暗黑色的鮮血就是從那裡噴出來，身下流了一大灘。

樹驚恐地沉默了半響，才又開始思索。「月光教過我如何包紮傷口，」他很快地說道。「我去找蜘蛛絲來幫忙止血，還有呃……」他試圖回想，但腦袋天旋地轉……「紫草可以幫忙緩解傷勢。」他正要起身，但還沒來得及走，就被阿根用尾巴橫在背上攔了下來。

「別走。」他的呼吸微弱。「沒有用的，我快死了。我不想孤獨地死去。」他抬眼看著樹，眼神漸漸渙散。「我死的時候，想要有兒子陪在身邊，拜託你。」

「我當然會陪著你。」樹喵聲道，然後在他父親旁邊躺下來，心覺得好痛。阿根是對的：就算有蜘蛛絲也止不住這種失血的速度。鮮血流竄地面，連樹的毛髮也被染紅，很快就變得冰涼黏稠。樹舔著阿根的肩膀和後背，試圖清潔他的毛髮。「對不起，」他說道。「你又一次地救我。我真希望……我應該成為厲害的格鬥者，像你一樣神勇。我好希望我們能有更長的時間認識彼此。永永遠遠。」

阿根的尾巴再度刷過樹的後背，想要安慰他。他看著樹的眼睛，試圖開口說話。但他的嘴裡都是血，沿著下巴流了下來，布滿整片胸膛，與兔子的血交織成一片。他的身體一度抽搐，等到再度抽搐之後，就動也不動了。

「阿根？」樹輕聲喊道。但是他父親的眼睛已經閉上，樹知道他死了。

樹躺在那裡很久，他的臉挨著阿根逐漸冰涼的毛髮。漸漸地，他察覺到四周開始變涼變暗，夜色已然降臨。

太陽升起後，他才開始再度思考。

他愛過他父親，他父親也愛過他。但最後兩個都受到了傷害。

我再也不要受到傷害。

阿根說得沒錯：最好不要倚賴任何貓。樹學會了教訓。也許這就是月光和姊妹幫一直想教會他的。

我應該獨自流浪。

第九章

樹蹲伏在銀色巨石的一角，盯著裡面的兩掌獸垃圾，溫暖的和風吹拂著他的毛髮。他瞄到好吃的東西，於是伸掌進去，用爪子把兩掌獸剩下的一塊食物勾出來。**是雞！**他心想，同時嗅聞了一下。這味道令他流口水，他的肚子一直在叫。

他猛地抬頭，在風裡頭，除了兩掌獸食物的濃烈氣味之外，他還聞到另一種味道。樹繃緊神經。**是陌生的貓。**自從八個月前阿根死後，樹就幾乎沒再跟任何一隻貓說過話，只除了幾次被其他貓怒吼咆哮或者從對方宣稱的地盤上被趕走之外。他嘴裡緊咬著那隻雞，跳了下來，站在銀色巨石和後方兩掌獸的窩穴之間。幸運的話，對方根本不會知道樹就在這裡。

樹聽見輕巧的腳步聲，接著是語氣凌厲的喵叫聲。「我知道你在那裡，出來讓我看到你。」

樹嘆口氣，調整一下嘴裡叼著的雞，從藏身處悄悄走出來。繼續待在那兒只會害他無路可逃。

一隻帶有棕色斑點的白色母貓站在兩座巨石中間，表情提防地瞪著他。她的腹部隆起，顯然懷孕了。從他跟姊妹幫一起生活過的經驗來判斷，樹猜想她可能再半個月就要生了。

他不怕懷孕的母貓，但知道她可能有伴侶貓或親友在附近，於是他扔下嘴裡的雞，語氣尊敬地說道：「這是你的地盤嗎？我只是路過這裡。如果你想要的話，這個食物可以送你。」

母貓嫌惡地往後縮起鬍鬚。「我不吃兩腳獸的食物。」她尖酸地說道。「我是戰士，我可以捕捉自己要吃的東西。」

樹聳聳肩，好奇戰士是什麼。「那就請自便吧。」他告訴她。他又往上跳回銀色巨石，興味盎然地看著母貓在附近潛行，她嗅聞空氣，豎起耳朵聽獵物的聲響。過了一會兒，她身子突然僵住不動，隨即迅雷不及掩耳地衝進附近的怪獸墳場裡。樹往前探身查看。

沒多久，她就從一個黑色圓形的怪獸大腳後方走出來，嘴裡叼著一隻大老鼠。

「太厲害了。」樹很誠摯地讚美她。「妳懷孕了，身手還這麼矯捷。」

母貓驕傲地抽動尾巴。「謝了。」她喵聲道，扔下嘴裡的大老鼠。過了一會兒，她提議道：「要不要跟我一起分吃？」

樹遲疑了一下。新鮮的大老鼠一定很美味，比被丟棄的兩掌獸食物好多了。可是母貓雖然肚子很大，看上去卻很瘦。「不了，」他告訴她。「大老鼠妳自己吃。不過妳願意跟我一起坐著吃嗎？我很開心能有同伴。」

母貓聳聳肩，坐了下來，大老鼠擺在前面。樹帶著雞從銀色巨石上方跳下來，在她旁邊坐定。「我叫樹。」他喵聲道。

「我叫卵石光。」母貓告訴他，同時咬一口獵物。「很高興認識你。」

「卵石光？」樹好奇地問道。「這名字好奇怪，不過很美。」他接著說。

卵石光驕傲地抬高下巴。「所有的天族戰士都有類似的名字。我們會隨著年紀的增長更改名字。剛出生時我叫小卵石，後來接受導師的訓練時，就改成卵石掌。我的族長葉星是在我成為全能戰士時賜給我卵石光這個封號。」

樹不安地蠕動著身子。葉星是不是像月光一樣？所以卵石光生產前才會獨自來到這裡嗎？也許天族是趕母貓出去，留下公貓。「所以妳才必須離開嗎？」

「什麼？不是啦，」卵石光喵聲道。「我當時是跟著我的部族在旅行，結果走失了。我絕不是有意離開他們的。」

「喔，」樹覺得鬆了口氣，好險卵石光不是獨自生活。小貓是很大的責任。「出了什麼事啊？」

卵石光皺起一張臉。「我爬進一頭怪獸的後背裡面去找獵物。結果被怪獸困住，就被載走了。我現在離天族很遠，必須找到他們。」

樹眨眨眼睛。**她爬進怪獸裡面？**他不確定她這話什麼意思，但他有個更想問的問題。「天族是什麼？」

「我們是戰士部族，」卵石光解釋道。「我們會互相照顧，遵循戰士守則。」她嘆口氣。「當時我們必須離開自己的領地，長途跋涉地去找新的領地。我想怪獸把我載得太遠了。」

「所以妳是戰士？」樹問道，試圖理解。

「當然是，」卵石光說道。「我的小貓也會成為天族戰士。」她遲疑了一下，有點懷疑地看著他。「你是惡棍貓嗎？」

我是嗎？樹不免好奇。他想到以前在姊妹幫的時候，那兩隻曾趁他和老鷹狩獵時偷襲的惡棍貓。他不像他們……他不會傷害別的貓，除非有必要。「我不是，」他決定道。「我想我只算是獨行貓。」

卵石光將自己舒適地安頓下來。「我也不認為你看起來像惡棍貓。」她喵聲道。她的稱許令樹的心裡暖烘烘的。他又咬了一口雞肉，用眼角餘光偷瞄她。她看起來就快生了，他心想。要是她想趕在小貓出生之前找到自己的部族，她的動作最好快一點。

「妳要怎麼找到他們？」他問道。「妳說妳被怪獸載走的時候，他們正在旅行。所以妳也不知道他們在哪裡啊。而他們也不知道妳在哪裡。」他猶豫了一下。「我不想這麼說，但我懷疑妳能否找到他們，至少在妳生下小貓之前，恐怕找不到。」

卵石光固執地抬高下巴。「星族會協助我找到部族還有我的伴侶貓鷹翅。我的小貓很特別，我感覺得出來。星族需要他們。」她雙眼炯亮。「他們有天命。他們屬於部族。」

她眼裡有某種東西令他想起月光，每當她談到姊妹幫有責任要與星辰對話，公貓有責任要守護這片土地時，態度也是這麼堅定。「如果妳找到了部族，小貓就會永遠住在部族裡嗎？」他小心翼翼地說道。「無論如何都會住在部族裡嗎？不管他是公貓還是母貓？萬一連戰士該做的事情都不會，也是照樣住在部族裡嗎？」

「當然。」卵石光回答他，表情驚訝。「天族絕對不會趕走自己的戰士。我們屬於那裡。這也是為什麼我必須回去。」

她態度如此堅定，令樹很感動。「我想妳會是個好媽媽。」他喵聲道。聽見對方的讚美，她欣喜地抽動鬍鬚。

但有件事仍困擾著樹。「我知道妳想回去那裡，」他開口道。「可是回去的路這麼漫長，一定很危險，更何況你還懷孕。也許妳可以等一下。有時候接受眼前的事實，好好過活，哪怕這種日子不是妳想過的，但對妳會比較好。」他低頭看著自己的腳，希望卵石光不會覺得被這番話冒犯到。

「我們部族不是這樣。」卵石光語氣堅定地告訴他。樹抬起頭來，發現她看起來沒有覺得受到冒犯，而且更堅定了信心。「鷹翅和其他天族貓不會停止尋找我的動作，所以我也不能停止尋找他們的動作。」她抬頭看了樹一眼，聳了一下肩。「我們終究會找到彼此。這是我唯一想要的生活方式，尤其我也早已經親身體驗過獨行貓的生活了。」

樹點點頭。她是對的：獨行貓的生活很艱難，不是每隻貓兒都適合。「妳的旅程會很艱辛，」他告訴她。「希望妳能找到他們。」他回想自己和姊妹幫生活的那段時光，還有最後被送出姊妹幫，以及後來阿根的死。樹忍不住好奇，他是不是真的註定一輩子都是獨行貓。這想法令他瞬間覺得自己很孤涼，哪怕卵石光就在他身邊。

卵石光瞪著他看。他捕捉到她的目光，她只好低下頭，舔舔胸毛，表情尷尬。「是啊，」過了一會兒她說道。「你說得沒錯，是很艱辛。也許你可以跟我一起走？」樹的表情一定是很疑惑，因為她趕忙就接著說：「我感覺你在這裡其實沒有什麼牽掛，更何況這兒也不是你的地盤。如果你能幫忙我找到天族，我相信葉星會讓你加入我們的。」

那當下，樹不免開始想像未來的生活。一群貓——就像姊妹幫一樣，但是公貓母貓都能住在一起，過群體的生活，同心協力地工作。有貓一起出外狩獵，還有貓睡在旁邊。

不行。

溪流死了。姊妹幫把他趕了出來。阿根為了救他而亡。

只要跟別的貓沾上邊，最後的結局一定令他心痛。最好還是別跟其他貓兒有瓜葛吧。

「聽起來住在部族裡感覺很棒。」他承認道。「但我想我只是隻獨行貓。」

卵石光不屑地彈著尾巴。「你不可能終其一生都獨自過活。」她喵聲道。「當你還是小貓的時候，一定也跟你的母親和手足一起生活過。」

樹當場愣住。他有點想告訴她關於月光和姊妹幫的事。她是一個這麼篤定自己的小貓將來一定會得到疼愛和受到歡迎的母親，所以應該能懂那種因為是隻公貓，還沒長大就得被趕出來的那種處境有多可怕。

可是突然間，他覺得他不想再解釋什麼了。老是沉溺在過往的怨懟裡，根本毫無意義。他已經長大了，他可以好好照顧自己了。

阿根說樹想當什麼樣的貓都可以。所以為什麼他要去緬懷姊妹幫呢？憑什麼讓她們始終左右他？

「我幾乎是自己長大的。」他撒了個謊。「小時候只有我母親、我姊姊、和我。但是我很小的時候，我母親就離開我了。」他想到冰和她以前曾經生過重病，於是接著說：「我姊姊生病了，我母親認為兩掌獸應該能治好她，可是如果只有兩隻貓，被收養的機會比較大。」

「太可怕了！」卵石光憤憤不平地說道。「她們離開了你？」

樹蓬起全身毛髮，她的憤怒多少有安慰到他。「我猜我還蠻幸運的，這一路以來都還沒被獾或什麼野獸吃掉，我過得還不錯啦。」

「聽起來你小時候的生活過得很辛苦。」卵石光目光同情地看著他。「你一定很氣你母親。」

樹聳聳肩。「我是很氣她。」他告訴她。「但只是氣而已。反正就是這樣。我已經習慣獨來獨往了。」說完後，他竟然覺得自己說的是真話。他也許再也不會見到月光和姊妹幫。但他也覺得他似乎可以原諒她們。

卵石光把尾巴擱在他背上。樹這才發現，已經很久沒有貓兒觸碰過他了，這種感覺很舒服。「我不認為你會永遠孤單。」她喵聲道。「樹，你是隻好貓。」

她聽起來很誠懇，樹幾乎就要相信她。但不會永遠孤單的這個說法令他覺得既好笑又痛苦，就像胸口空了一塊，實在很難去想像。

卵石光舔舔眼前剩下的肉骨頭，最後推開殘骸，站了起來。「我早上就會再度出發去找天族。」她大聲說道。「你知道哪裡有安全的地方可以過夜？」

天色開始變暗，兩掌獸垃圾堆這附近沒有什麼可供攀爬的大樹，於是樹帶她去附近的荊棘叢，躲在底下過夜。有貓兒在身邊，毛髮輕刷著彼此，這種感覺好熟悉也好舒服。不遠處的轟雷路不時傳來怒吼，但他只專心聽著卵石光均勻的呼吸聲，很快陷入了夢鄉。

等他張開眼，眼前一片漆黑，他知道現在已經很晚了，早過了月正當中的時候。卵石光還在睡。樹不知道是誰把他叫醒的，他眨眨眼睛望著黑暗，只覺得困惑和昏昏欲睡。這時一個熟悉的聲音響起，就在他旁邊。

「樹，你快醒來！」

樹倒抽口氣，想都沒想地趕緊跳起來，身上瞬間被荊棘的刺扎到，但他幾乎沒留意。他認得那聲音。

「阿根？」

第十章

他的父親全身微微發光，像是某種遙遠的星光，似乎很不真實虛渺，但他的臉和聲音還是跟以前一樣。他看起來憂心忡忡。

「你快醒來。」他說得很急。「你和這隻懷孕的貓要趕快離開這裡。」

樹無法呼吸，也無法思考。「我……我怎麼會看到你？」

阿根不耐地甩著尾巴。「沒有時間解釋了。你們兩個都得離開這裡。你們有危險。」

樹眨眨眼睛，強迫自己趕快行動。要是能夠預防，他絕對不想再讓別的貓兒受到傷害。於是他輕輕地將卵石光搖醒。「我們必須離開，這裡不安全。」

睡眼惺忪的卵石光眨眨眼睛看著他。「怎麼了？」

「我們得離開。」樹重複說道，語氣更急迫了。他無法回答她的問題，但卵石光還是蹣跚爬了起來。大腹便便的她動作笨拙地跟著他走出灌木。

天空下起小雨，沾濕了他們的鬍鬚，兩隻貓兒弓起背，抵禦雨勢。

「我們要去哪裡？」卵石光問道。樹正要回答……**先出去，也許到森林裡……**但突然頓住，夜色的氣味迎面撲來。有一股似曾相識的腥臭味阻斷了雨的味道和兩掌獸的垃圾臭味。那味道他曾在他父親死亡當天聞到到。

是狐狸！

樹的心臟狂跳，嘴巴瞬間發乾。他打不過狐狸的。上次狐狸攻擊他時，他嚇得無法動彈，最後阿根死了。他不能再讓同樣悲劇發生在卵石光身上。他們必須逃離這個地方。

「走！」他喵聲道，同時回頭瞥了卵石光一眼。後者的綠色眼睛因恐懼而瞪得斗大，睡意全消。她也聞到了那股味道。要是他們能夠跑到轟雷路對面的森林裡，就能爬上樹。

他隔著雨水窺看轟雷路，現在的雨勢更大了。一頭孤零零的怪獸眼睛發亮地呼嘯而過。下雨的關係，轟雷路的黑色堅硬路面更顯濕滑。卵石光的行動夠快嗎？

狐狸味道愈來愈濃。四面八方都是雨水，他無法分辨那味道從哪個方向來。

「我們穿過轟雷路。」他決定了。**一定會比這裡安全。**

「好主意！」卵石光喵聲道，於是帶路走在前面，樹跟在後面。

他們一邊走，樹一邊嗅聞空氣，照阿根教過他的方法讓五官保持警覺。**阿根，我剛看到阿根了。**感傷的情緒像氾濫的河水淹沒他。

我從來沒想過我竟然能辦到，我從來沒想過我還能看到他或任何逝去的親友。我怎麼會看到呢？他只是為了救我才回來的嗎？

樹曾以為阿根已經煙消雲散。但他回來了。**也許姊妹幫是對的，也許死去的貓兒從來不曾真正逝去**，他心想。這是自從溪流在可怕的那一天死去之後，他第一次感覺到心裡的踏實。

正當他們趨近轟雷路時，左側傳來怒吼聲。他才轉頭，就看到狐狸從蕨葉叢裡衝出來，直接朝他們奔來。

不，樹心想，**別又來了**。

樹亮出森森白牙，蓬起尾巴毛，尖聲大吼，將體型盡可能變大變可怕，然後朝狐狸衝過去。「快走！」他對卵石光大喊。

狐狸頓了一下，再度前衝。

「我不會丟下你的！」卵石光吼回去。他聽到她跑在後面，這時他撲上狐狸，學阿根那樣爪子劃過狐狸眼睛。但狐狸往後一縮，沒被他的利爪命中。

雨水已經讓地上變得泥濘，樹的腳掌一度打滑，重摔在地。**這片土地是很討厭他嗎？**當時他跟阿根連手奮戰時，他也曾摔跤。他抬眼看著正趨近的狐狸，突然陷入回憶。**以前也是這樣**，他在原地無法動彈，狐狸最後一定會殺了他們兩個。

不行！他心想。他蹣跚爬了起來，又撲上狐狸，這次他用爪子狠劃對方的鼻子，拉出長長的傷口，狐狸痛得大叫。卵石光跑到他旁邊，雖然她大腹便便，但速度相當快，立馬朝狐狸耳朵砍了下去。

樹再度朝狐狸的眼睛揮爪，利爪直戳眼睛邊緣。狐狸受不了了，甩開正用爪子狠劃牠腰腹的卵石光，退了回去，轉身逃之夭夭。

樹和卵石光氣喘吁吁地看著彼此。「我們最好趁現在還行的時候趕快穿過轟雷路。」她喵聲道，樹點點頭。他們朝轟雷路過去的時候，樹還回頭瞥了一眼，但後方沒有淡淡的星光，也沒有任何看起來像是鬼魂的東西。也許他的父親只會現身這一次，目的是為了救他。

謝謝你，阿根。

黎明時，雨已經停了。樹從過夜睡覺的低矮樹枝上跳下地面，然後有點擔心地看著卵石光跟在後面，行動笨拙地跳下來，還好安全落地。

草地很潮濕，雨滴在草梗上閃閃發亮。怪獸在只離他們幾條尾巴距離外的轟雷路上川流不息，頻繁到簡直就是鼻子貼著前面的尾巴。一頭怪獸突然淒厲吼叫，兩隻貓兒被嚇得苦著一張臉。

「我昨晚來不及說，但我真的很謝謝你。」卵石光告訴他。「要不是你叫醒我，跟我並肩作戰，打敗那隻狐狸，我八成已經死了。」

樹聽到她的讚美，表情尷尬，但心裡升起一股暖意。「不用謝，」他回答。「我很高興我能幫你忙。」

卵石光喵嗚出聲。「你不只救了一隻貓欸。」她喵聲道。樹才恍然大悟她是指她的小貓，心裡頓時暖烘烘的。**阿根，我們救了一家子。**

「說到這個，」卵石光接著說。「我最好上路了。我想趕在小貓出生前找到我的部族。你確定你不跟我一起走？我覺得你會成為很厲害的天族戰士。」

「我不認為那裡適合我。但我很感激妳的邀請。」樹回答。部分的他渴望能再跟其他貓兒一起生活。跟卵石光住在同一個窩穴裡，與她一起並肩作戰，這種感覺真的很好。可是難道所有貓兒都必須像天族或姊妹幫那樣過團體生活嗎？他生命中最快樂的時光當屬阿根在他身邊的那段日子。

卵石光環顧四周，查看天色和轟雷路，似乎在決定要走哪條路。

「妳能找到他們嗎？」樹忍不住又問道。「妳確定妳不想留下來？」

卵石光彈動尾巴。「我知道我最後一定會找到天族。我的小貓……」

「帶有天命。」樹幫她說完。誰知道呢？也許是真的吧。不過那是天族的事了。

卵石光站在樹旁邊好一會兒，用尾巴與樹的尾巴交纏。「天族永遠歡迎你。」她告訴他。

樹看著她消失在視線裡，她身後的尾巴揚得老高。她看上去很篤定，彷彿是要啟程出發去探險，很清楚自己的方向。**我希望她能找到她的部族，**他心想，**但我猜我永遠不會知道了。**

樹那一整天都在林子裡閒逛。他抓到了幾隻老鼠，然後晒了一會兒太陽，但總覺得心神不寧，好像自己正在等待什麼。

他從一棵山毛櫸底下走過，枝幹上有某種淺色的光吸引了他的注意。**有可能是他嗎？阿根在附近嗎？**

樹縱身一躍，跳上山毛櫸，腳爪在仍舊潮濕的樹皮上稍微打滑。他才爬了一半，就看到阿根端坐在一根樹枝上，尾巴掛在半空中，眼裡有淘氣的光。

「你真的在。」樹上氣不接下氣地說道，好不容易爬上他旁邊的枝幹。

「我當然在。」阿根回答。「小鬼，我得牢牢看著你啊。」

「對啊，」樹努力將爪子戳進樹枝裡，突然靦腆起來。「我很抱歉，」他終於脫口而出。「你是為了救我才死的。我沒想過會發生這種事。」

阿根神情淺淡地抽動耳朵。「別多想了。」他喵聲道。「我當然不會說我希望發生這種事，但這件事絕對很值得。我不要你一輩子感到內疚或者覺得很抱歉或什麼的。」

「可是……」樹正要開口。

阿根坐直身子，直視著樹的眼睛。他開口說話，但語氣裡少了揶揄。「我其實很感激你，」他告訴他。「我以前以為我是隻快樂的獨行貓，我想做什麼就做什麼，我想去哪裡，我什麼時候去都可以。這就是我心目中的愜意生活。但我錯了。為了救你而喪命，才是我這輩子做過最棒的事情。」

「可是我們只相處了一兩個月。」樹爭辯道，聲音顫抖。「時間太短了。」**我們少了那麼多可以相處的時光。**

阿根傾身向前，面頰輕抵樹的面頰一下，但樹什麼都沒感覺到，只隱約有點冰涼，但非常療癒。「我大可為此生氣，」他父親輕聲告訴他。「但我只是很高興我們終於熟悉了彼此。你讓我知道我不再只是隻獨行貓。我要你知道我有多為你感到驕傲。」

樹的尾巴垂了下來。「驕傲什麼？」他問道。「我也是獨行貓。我是救過卵石光，但那全是因為有你的提醒。」

「不，那全是因為有你在的關係，」阿根糾正他。「我只是叫醒你。你是憑自己的本事救了她。」他別過目光，掃視林子，尾巴緩緩前後擺盪，天空因稍早前下雨的關係仍然多雲，但有斑駁的陽光透雲而出。「如果我能給你什麼父親該給的建議，那應該是：你選擇的友誼有時候會比親屬血脈關係還要強韌。你會找到你真正在乎的貓。」他的目光又回到樹身上，眼神慈愛。「樹，不要把你的生命都浪費在孤獨上。就算會失去你所深愛的貓，也總比他們從來沒陪過你來得好。」

「也許吧。」樹喵聲道。他想到溪流和他的姊姊和妹妹。也想到阿根和卵石光，哪怕只認識卵石光一天而已。失去他們的確令他難過，但就算心會痛，也是值得的。

阿根開始消散，邊緣漸漸模糊。

「不要離開我！」樹突然警覺，趕緊大喊。阿根的出現只是了再次離去嗎？但對方眼帶興味地喵嗚笑道。「別擔心，」他喵聲道。「你也許不能老見到我，但我們會說上話的。從現在起，我將跟著你一起浪跡天涯。」

阿根漸漸消失，形體愈來愈淺，最後只剩下樹待在原地。不過樹不覺得孤單，因為他知道阿根會陪在他身邊。

就像阿根剛剛那樣，樹將目光掃向林子。低垂在地平線上的太陽隔著殘留的烏雲粹煉出清透淺淡的紫光。這幅美景裡頭有某樣東西觸動了他，他心裡再度燃起希望。

你選的友誼有時候會比親屬血脈關係還要強韌，阿根曾這樣說。在這世界的某個地方絕對還有另一隻貓兒能觸動樹的心，值得他冒險去關心和照顧。

這是自阿根死後，樹第一次覺得自己的心終於又活了過來，滿滿的亢奮。地平線那裡有整個未來等的他，他想去哪裡都可以。

而且也許有一天，會有另一隻貓願意陪著他一起前進。

WARRIORS

貓戰士

蛾翅的祕密

Mothwing's Secret

特別感謝克萊瑞莎・赫頓

雷族 *Thunderclan*

族長　**火星**：毛色如火焰的薑黃色公貓。

副手　**灰紋**：灰色長毛公貓。

巫醫　**煤皮**：暗灰色母貓。見習生：葉掌。

戰士　**鼠毛**：嬌小的暗棕色母貓。見習生：蛛掌
塵皮：黑棕色虎斑公貓。見習生：松鼠掌。
沙暴：淺薑黃色母貓。見習生：栗掌。
雲尾：白色的長毛公貓。
蕨毛：金棕色虎斑公貓。見習生：白掌。
刺爪：金棕色虎斑公貓。見習生：地鼠掌。
亮心：有薑黃色斑點的白色母貓。
棘爪：琥珀色眼睛的暗棕色虎斑公貓。
灰毛：淺灰色帶有暗色斑點的公貓，深藍色眼睛。
雨鬚：藍眼睛的深灰色公貓。
黑毛：琥珀色眼睛的淺灰色公貓。

見習生　**葉掌**：淺棕色虎斑母貓。導師：煤皮。
蛛掌：琥珀色眼睛的黑色公貓。導師：鼠毛。
松鼠掌：綠眼睛的暗薑黃色母貓。導師：塵皮。
栗掌：琥珀色眼睛的玳瑁色和白色花斑母貓
白掌：綠眼睛的白色母貓。導師：蕨毛。
地鼠掌：琥珀色眼睛、體型嬌小的暗棕色公貓。

本篇各族成員

河族 *Riverclan*

族長　**豹星**：帶有罕見斑點的金色虎斑母貓。

副手　**霧足**：藍眼睛的灰色母貓。

巫醫　**泥毛**：淺棕色長毛公貓。

戰士　（公貓，以及沒有年幼子女的母貓）
黑爪：煙黑色公貓。
沉步：粗壯的虎斑公貓。
暴毛：琥珀色眼睛的暗灰色公貓。
羽尾：藍眼睛的淺灰色母貓。
苔皮：玳瑁色和白色花斑母貓。見習生：燕雀掌。
鷹霜：寬肩的深棕色公貓。
蛾翅：琥珀色眼睛的美麗金色虎斑母貓。

見習生　（六個月大以上的貓，正在接受戰士訓練）
燕雀掌：綠眼睛的暗棕色虎斑母貓。導師：苔皮。

貓后　（懷孕或正在照顧幼貓的母貓）
曙花：淺灰色母貓。
天心：淺棕色虎斑母貓。

長老　（退休的戰士和退位的貓后）
影皮：暗灰色母貓。
大肚：暗棕色公貓。

風族 *Windclan*

族長　**高星**：年長的黑白色花斑公貓，尾巴很長。

副手　**泥爪**：雜色的暗棕色公貓。見習生：鴉掌。

巫醫　**吠臉**：尾巴很短的棕色公貓。

戰士　**一鬚**：棕色虎斑公貓。

網足：暗灰色虎斑公貓。

裂耳：虎斑公貓。

白尾：體型嬌小的白色母貓。

見習生　**鴉掌**：藍眼睛的暗灰色公貓。

長老　**晨花**：玳瑁色母貓。

貓后　**金花**：黃眼睛的淺薑黃色母貓。

蕨雲：有深色斑點的淺灰色母貓。

長老　**霜毛**：藍眼睛的漂亮白色母貓。

花尾：年輕時很漂亮的玳瑁色母貓。

斑尾：淺虎斑色母貓。

長尾：有暗黑色條紋的淺虎斑色公貓，因為視力衰退而提早退休。

影族 *Shadowclan*

族長　**黑星**：白色大公貓，有巨大黑亮的腳掌。

副手　**枯毛**：暗薑黃色母貓。

巫醫　**小雲**：體型很小的棕色公貓。

戰士　**橡毛**：體型很小的棕色公貓。見習生：煙掌。

褐皮：綠眼睛的玳瑁色母貓。

雪松心：暗灰色公貓。

花楸爪：薑黃色公貓。見習生：爪掌。

高罌粟：腿很長的淺棕色虎斑母貓。

見習生　**爪掌**：淺灰色公貓。

煙掌：暗灰色公貓。

長老　**鼻涕蟲**：體型嬌小的灰白色花斑公貓，曾擔任巫醫。

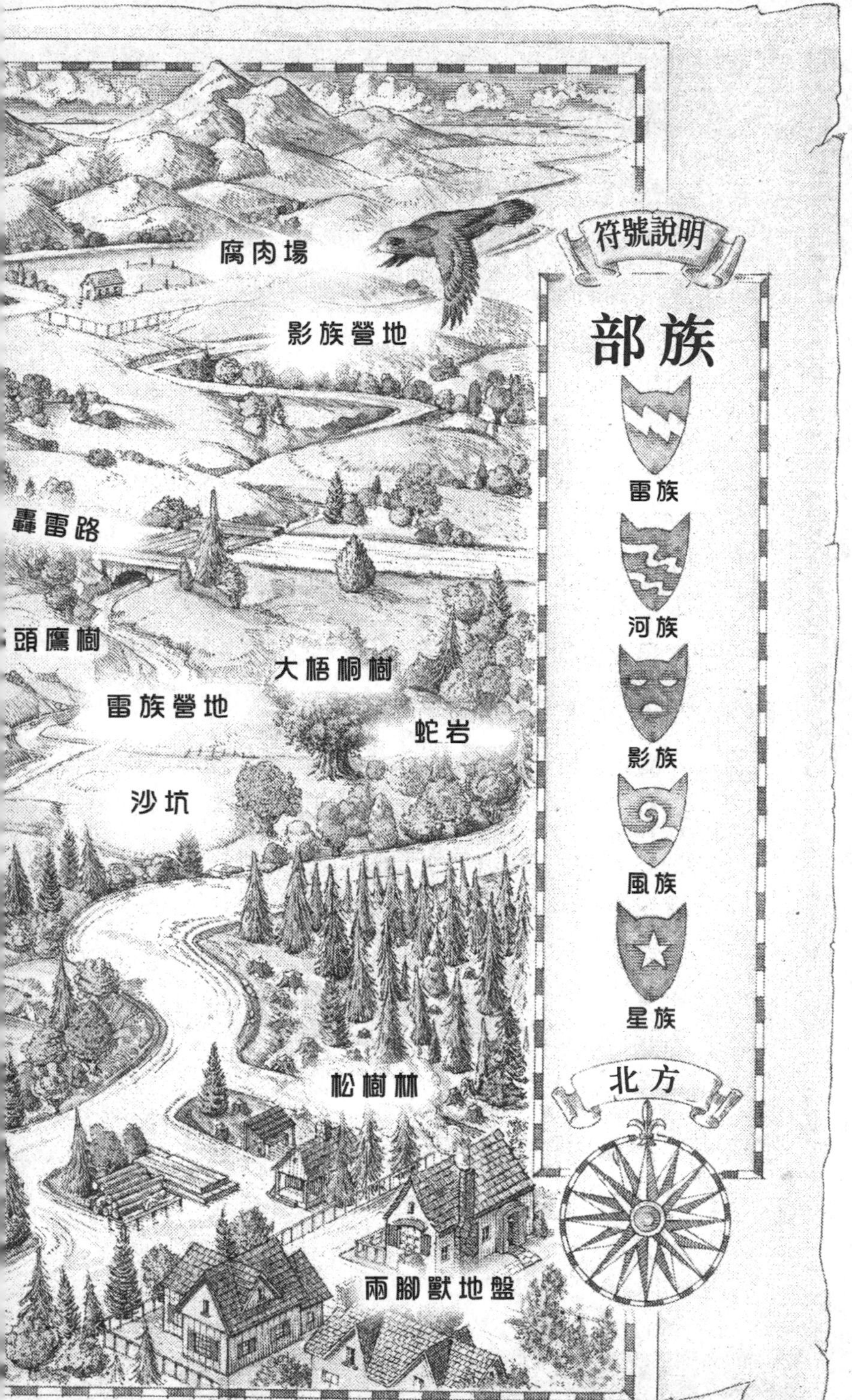
腐肉場
影族營地
轟雷路
頭鷹樹
大梧桐樹
雷族營地
蛇岩
沙坑
松樹林
兩腳獸地盤
符號說明
部族
雷族
河族
影族
風族
星族
北方

貓兒視角
高聳岩
大麥的農場
四喬木
風族營地
瀑布
陽光岩
河
河族營地
伐木場

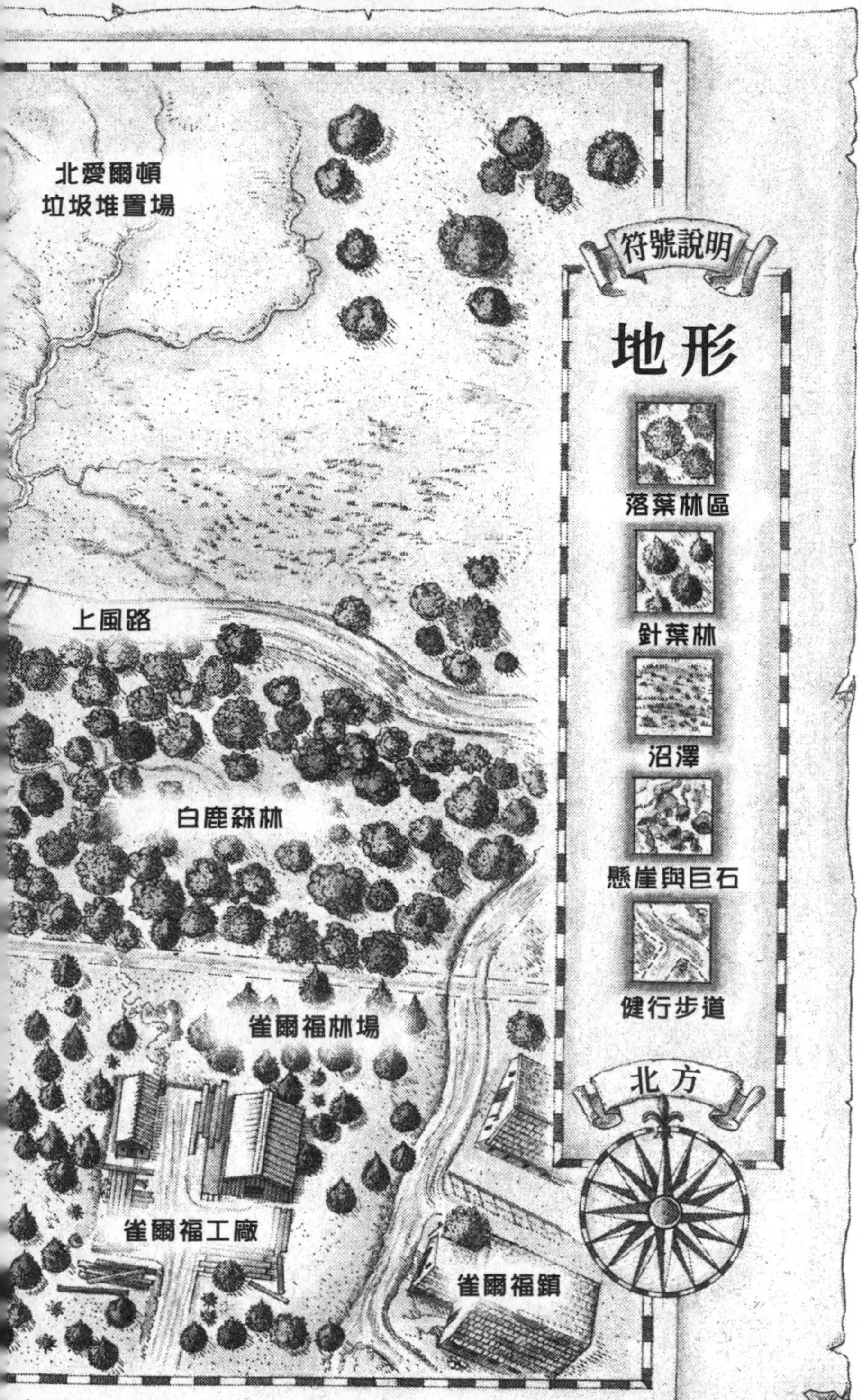
北愛爾頓
垃圾堆置場
上風路
白鹿森林
雀爾福林場
雀爾福工廠
雀爾福鎮
符號說明
地形
落葉林區
針葉林
沼澤
懸崖與巨石
健行步道
北方

惡魔指山
[廢棄礦坑]
北愛爾頓公路
上風農場
督依德谷
上風高地
督依德
急流
兩腳獸視角
雀爾河
摩根農場
露營地
摩根農場
摩根路

第一章

蛾翅翻身仰躺，抬眼瞪看著戰士窩的穴頂。黑暗中，她隱約看到交織在穴頂上方的羽毛和甜香草葉的形狀。

「我睡不著。」她的尾巴緊張地抽動。

在她旁邊的哥哥鷹霜嘆口氣。「只要閉上眼睛，」他說道。「最後就會睡著了。」

「我覺得……」**難過**。蛾翅憂鬱地想道。但她話還沒說完，窩穴另一頭就傳來吼聲。

「你們兩個如果不安靜點，大家都不要睡了。」黑爪厲聲說道，其他戰士也附和地低吼。

「你們現在是戰士了，」苔皮從她臥鋪那裡語氣很不好地接續說道：「要懂事一點，讓窩裡的其他貓兒能夠睡覺。」

「對不起，」蛾翅說道。她翻身趴好，將尾巴緊緊塞在身子底下。她閉上眼睛心想道，**我現在是戰士了，不是見習生，我可以照顧好我自己**。雖然臥鋪裡有柔軟的新鮮青苔，她卻躺得不舒服，於是蠕動身子改成側躺。**我好想念莎夏**。

他們的母親決定離開河族，再回去當惡棍貓時，曾邀當時的蛾掌和鷹掌跟她一塊走。但那時還叫蛾掌的她很想成為河族見習生……她學會了狩獵和格鬥，而且也首度學會信賴非她親屬以外的貓……但是她更愛她的母親。要是能再讓她選擇一次，她會跟著莎夏離開。

可是鷹掌想留下來。他的爪子戳進土裡，彷彿只要攀住這處營地，便能讓他們兄妹倆留在河族裡。

於是他們留了下來。鷹掌不走，蛾掌也不會走。他是她的哥哥，也是唯一的哥哥。他們只剩彼此。

我做了選擇，她心想。**是我決定成為河族戰士**。她又翻身側躺。**我只是希望我能成為一個好戰士**。

鷹霜咕噥出聲。「別動了，」他輕聲說道。「妳醒著，我怎麼睡。」

「對不起，」蛾翅低聲道。她緊閉眼睛，決定不再亂動。部分的她很想向鷹霜解釋為何她難以入眠。畢竟那件事發生時，他也在現場。他會理解何以她從來不喜歡睡覺……何以她懼怕做夢。但努力保持清醒的下場就是經常疲累不堪。

她的呼吸不由自主地愈來愈沉，沒多久就陷入夢鄉。於是那個夢又一如往常地出現了，可怕的往事也一如往常地發生，宛若是在真實世界裡。她永遠也阻止不了它的再度降臨。

「我們找不到肯恩的，」老鷹抱怨道，同時加快腳步跟上蝌蚪。「我們連牠的兩腳獸巢穴是哪一個都不知道。」

蝌蚪不屑地彈動尾巴。「莎夏說了很多她以前住在哪裡的事情，我相信我們一定能認得出來。如果我們找得到牠，她一定會很高興。」莎夏總是很憂愁，可是每當她談起很久以前她還是寵物貓時，跟一個叫做肯恩的老兩腳獸住在一起的那段時光，悲傷的眼神就有了光。

蝌蚪豎起耳朵。「我們剛是跑直線，」他告訴老鷹。「所以如果我們要回去，就得先再找到剛剛那棟不是肯恩住的窩穴。然後就能從那裡找到路回家了。」

「要是莎夏狩獵回來，看不到我們，一定會生氣。」飛蛾小聲說道。「我不想惹出麻煩。」

「我們不會有麻煩的。」蝌蚪告訴她。「我們是在做一件要讓莎夏開心的事啊。」老鷹和飛蛾互看一眼。飛蛾在她哥哥的藍色眼睛裡看到了跟她一樣的疑慮。

「也許我們應該……」老鷹正要開口，卻被另一個粗嘎的聲音打斷。

「你們這幾隻小貓在這裡做什麼？」一隻耳朵有疤，體型很大的灰貓從暗處走出來。「這裡不歡迎陌生的貓。」

蝌蚪上前一步，站在弟弟妹妹前面。「我們又沒有做錯事。」

陌生貓兒嗅聞空氣，然後皺起鼻子。「你們身上有森林的味道？三隻小雜碎，竟敢從林子裡出來。你們最好告訴我，你們在這裡偷偷摸摸做什麼？」

另一隻體型跟這隻一樣大的黑白花斑公貓也從陰暗處出來，後面還有第三隻貓，那是一隻虎斑貓，體型甚至比前兩隻還大。

「呃……我們只是……」蝌蚪開始慌了。灰貓眯起眼睛，另外兩隻慢慢從小貓後面圍上來。老鷹和飛蛾趕緊貼近蝌蚪。飛蛾感覺得到她的兩個哥哥都在發抖。這幾隻貓真的是住在兩腳獸地盤的那種貓嗎？根據莎夏的說法，跟兩腳獸一起住的貓兒都很和善啊。

「小鬼，敢到處亂跑，」黑白花斑公貓吼道。「他們以為這裡是他們的地盤。」

「讓他們瞧瞧我們是怎麼對付外來者的。」虎斑貓哼了一聲，亮出尖牙。

飛蛾嚇慘了。「快跑！」她大喊，隨即拔腿狂奔，從灰貓旁邊衝過去。對方沒有攔下她，反而喵嗚大笑，兩個哥哥也跑在她後面，

他們沿路疾奔，穿過兩腳獸窩穴旁邊的一塊草地，然後趴下來，從籬笆底下鑽進去，一條狗衝過來，不停狂吠。飛蛾驚聲尖叫，又攀過另一道籬笆，所有一切都模糊成一片，她四處亂竄，心臟狂跳不已，她橫過兩腳獸的小路，一躍而過溝渠。

最後他們上氣不接下氣地在一棵樹的下方煞住腳步，

「我想我們把他們甩掉了。」蝌蚪氣喘吁吁地說道。

飛蛾渾身發抖地回頭瞥看。

「我們最好先躲一陣子。」蝌蚪決定道。

「躲在哪裡？」老鷹問道。三隻小貓抬頭看著眼前的兩腳獸窩穴。它看起來不像之前看到的那些窩穴那麼乾淨和堅固，反而了無生機，破敗不堪。牆壁上有幾個洞，上色的外皮一條條地剝落了下來。

飛蛾蠕動著腳。「我想這是空的。」

「你看，」蝌蚪大喊，同時用尾巴指向牆壁上的一處開口。「我們可以藏在那裡。」

飛蛾猶豫了。

在河族裡，已經長大、正在睡夢中的蛾翅半夢半醒地低聲說道：「不，不要去。」可是她無法改變那個夢，無法改變年幼時的自己曾有過的經歷。

「好吧，」她最後說道。「你們覺得安全嗎？」

「這是在冒險啊，」老鷹開心地回答，於是三隻小貓偷偷摸摸地穿過長草叢。飛蛾發現這個洞本來也應該要有透明石片蓋住，就像之前有個兩腳獸在瞪他們的那棟窩穴一樣，但這裡的透明石片被撐開了，被一根棍子頂住。

那個開口的裡面地勢較低，於是他們沿著兩腳獸的一堆雜物爬下去，進到一處涼爽的灰色空間，四周高聳著許多物體，宛若一座怪異的森林。老鷹穿過洞口時，不小心撞掉棍子，透明石片砰地一聲在身後關上。

「完了，」他喵聲道，同時抬眼看它。

「別擔心……我們會想到辦法逃出去的。」蝌蚪很有自信地告訴他。這時開始有斗大的雨滴打在透明石片上，他又接著說：「現在外面下雨，我們在這裡既安全又不會淋濕。」

小貓們開始到處探索。不停嗅聞的飛蛾聞到灰塵的味道和隱約的老鼠氣味。角落裡傳來細小的刮擦聲響。她蹲伏下來，就像莎夏狩獵那樣瞇起眼睛。

老鷹發出大笑聲。「你的尾巴抬太高了，這樣會失去平衡的。」飛蛾回頭瞥了一眼，不好意思地將尾巴壓低。

蝌蚪從他們兩個旁邊衝過去，刮擦聲愈來愈大，然後突然止住。他走了回來。「對不起，牠跑掉了。」

「如果你讓我……」懊惱的飛蛾正要開口，卻被某種的咯咯聲響打斷。

三隻小貓霍地轉身，瞪看著一根高高的銀色管子，看起來就像一棵沒有枝幹的樹，它矗立在房間角落裡，從地板一路沿伸到天花板。它本來一點聲音也沒有，看起來很無趣，但此刻它竟發出很大的水聲，好似有一整條河在裡面流竄。

「那是什麼？」老鷹問道。三隻小貓都往後退。

「它傷不了我們。」蝌蚪不自在地說道。

咯咯聲愈來愈大，然後突然一個斷裂的劈啪聲響，管子應聲折斷，水湧了出來，漫向地板，沒多久，就淹到小貓的膝蓋處，水溫冰涼。

「我們得離開這裡！」老鷹大吼。他衝向透明石片下方兩腳獸的雜物堆，開始往上爬。

「那裡關上了，你忘記了嗎？」飛蛾大喊，可是還是跟著他爬。某種沾滿灰塵的圓形木製東西在她腳下突然一滑，她瞬間往下跌了一條尾巴距離，落在一坨柔軟的皮囊上，她發出咕噥叫聲。「救命啊！」她尖聲大叫，兩腳獸的東西纏住她，她費力掙扎。水淹到她的肚子了。

「飛蛾，撐住！」蝌蚪大聲喊叫，同時幫忙解開纏住她的東西。「走吧！」

他們又開始沿著兩腳獸的雜物堆往上爬，這時飛蛾的爪子又勾到另一件皮囊，身子又滑了下去，驚聲尖叫。

「飛蛾，你可以的。」蝌蚪喊道，他用肩膀將她往上頂，讓她又能往上爬。水上升得很快。一波水浪舔食著她的後腳掌。她回頭瞥看，發現水已經淹到蝌蚪的肩膀。

「快一點！」她喵聲道

老鷹爬上狹窄的壁架，那裡是他們爬進來的地方。「我……打……不開！」他氣喘吁吁，揮掌用力捶打。

飛蛾氣喘吁吁，突然間，壁架變得遙遠，她的爪子動作慢了下來。

「快上去！」蝌蚪大吼，同時用力推飛蛾的後臀，老鷹低下身子，輕咬住她的頸背，將她拖上來。她用力一撐，終於攀住壁架，爬了上來，站在老鷹旁邊。透明石板外面出現一個熟悉的褐色身影，那雙藍色眼睛正狂亂地看著裡面的他們。

「莎夏！」飛蛾大喊，頓時全身鬆了口氣，

她轉身伸掌想抓住還在下面的哥哥，卻剛好看見大水將蝌蚪沖走。

蛾翅倒抽口氣地從同樣的惡夢中醒來，那隻腳爪仍伸長著想抓住那落水的哥哥。她的腳掌碰到鷹霜，後者呻吟醒來。「妳碰到我了，」他嘴裡嘟囔，然後放低音量問道：「妳還好嗎？」

「我沒事。」蛾翅告訴他。她看得到他正盯著她看，那雙眼睛在窩穴暗處不停閃爍。於是她翻過身去背對他。她不想談她所看到的景象，就算鷹霜是唯一能夠理解她的貓。

夢結束了，但其他記憶仍在她心裡徘徊不去。莎夏設法打開了那扇窗，老鷹和飛蛾連滾帶爬地出來，掉進草地，終於獲得自由。他們的媽媽莎夏大喊蝌蚪的名字。飛蛾從她背後窺看，看見蝌蚪浮出水面，腳掌伸向莎夏，又隨即沉沒。

大雨打在飛蛾的頭上，她朝壁架伸長脖子，希望能再看到蝌蚪那張堅毅的小臉，可是他再也沒出現過。蝌蚪向來是他們當中最強悍的，她不相信他沒有活下來，她和老鷹都活下來了，他怎麼可能沒有。可是蝌蚪淹死了。

飛蛾無法停止顫抖。老鷹跟他母親拉扯，想跳進水裡將蝌蚪救出來，但莎夏不讓他去。她的眼裡滿是憂傷，她說太遲了。老鷹癱倒在地，大聲哭號。飛蛾也在他旁邊躺下來，緊緊挨著他，全身抖得厲害。

當時有個念頭像爪子似地瞬間劃穿她的憂傷：從那一刻起，她和鷹霜必須永遠陪在彼此身邊。沒有了蝌蚪，他們對彼此的需要將更甚以往。

最後莎夏將他們平安帶回林子裡的窩穴，用力將他們舔乾，然後不發一語地蜷伏起來睡覺。老鷹也睡著了，但夢囈不斷，不是很安穩。飛蛾則是一夜無眠，只瞪著她哥哥的虎斑身影看。

「我們以後也會像他一樣勇敢和強壯。」她低聲道。「我保證永遠不會離開你。」

此刻蛾翅翻過身，再度看著她哥哥。清冽透明的黎明曙光滲進窩穴。「我們會陪在彼此身邊。」她低聲說道，胸口被愛和悲傷灌滿，不禁心痛了起來。無論她是否屬於河族，這都不重要。只要是鷹霜在的地方，就是她的家。

他們屬於彼此。沒有了蝌蚪，沒有了莎夏，他們只剩彼此。

那天早上稍晚，蛾翅在捕魚隊伍回營時殿後押隊，嘴裡叼著一隻鯉魚。她的腳步沉重，眼皮垂了下來……她睡得太少，一直沒能好好休息。

「嗨，」鷹霜在她把鯉魚放在生鮮獵物堆時，過來跟她打招呼。「這是你抓的？」

蛾翅打個呵欠。「不是。是暴毛抓的。我只是幫他把一些獵物帶回來。」

鷹霜尾巴抽動著。「他很厲害。」他承認道。「但你應該做得更好才對。」

「我很會捕魚啊。」蛾翅爭辯道，有點介意他這麼說。「我只是今天很累。」

「我知道，」鷹霜瞥了四周一眼，然後帶她到營地邊緣，不會被偷聽到的地方。

「你聽我說，」他緊張地說道。「我們必須拿出最好的表現，因為不是所有貓兒都願意讓我們留在這裡。」

蛾翅嘆口氣。她知道。因為他們不是在部族裡出生。因為他們的媽媽是惡棍貓。有些貓總是視他們為外來者。**而且要是他們發現那個幾乎毀了所有部族的虎星就是我們的生父，那就慘了。**「可是我們能怎麼辦？」她無助地問道。

鷹霜挨近她，淺色眼睛緊盯住她。「有些貓不想要我們留下來，但是我有聽到豹星對霧足說，我們很強韌，能有我們加入河族，就像增添了生力軍一樣。所以我們的族長和副族長是信任我們的。」

「那就好。」蛾翅心裡一股暖意。霧足曾是她的導師。而且豹星當時收鷹霜為自己的見習生時，也令所有族貓大吃一驚。河族的兩位領袖都希望他們能有歸屬感。

「如果我們一直都表現得很好，」鷹霜告訴她，耳朵興奮地豎得筆直，「河族貓就會完全接受我們了。也許有一天我們還能當上族長和副族長。」

「也許吧。」蛾翅喵聲道。她看不出來自己未來能有那個能耐領導河族。但是她可以當個好戰士。或許有一天鷹霜會崛起成為族長。**他若決心要當個最厲害的戰士，我一定會陪在他身邊。**

第二章

幾天過後，蛾翅小心翼翼地穿過河邊泥地，一路垂著尾巴，心裡想著，**我好想快點回營地休息喔**。她最近更常夢到蝌蚪的死，害她夜裡都不敢睡覺，直到夜已深沉，才被睡意拖了下去，哪怕思緒仍然紛亂。

鷹霜在她前面急切地嗅聞著一株葉子軟趴趴的植物。「是這個嗎？」他問道。

霧足繞回來查看，苔皮和燕雀掌緊跟在後。「不是，」她告訴他。「泥毛不是跟你們說過水薄荷的樣子嗎？葉子顏色再淺一點、更橢圓形一點。」

苔皮彈動耳朵。「我知道啊。」

燕雀掌窺視這株植物。「葉子是橢圓形的啊，」她喵聲道。「你確定不是這個？」

蛾翅打個呵欠，眼皮沉重無比。霧足的藍色眼睛掃過她，然後瞥看圍成一圈的貓兒。

「巡邏不需要有這麼多貓。」她決定道。「蛾翅和鷹霜，你們先回營地。蛾翅看起來可能需要補眠。」

蛾翅低下頭，赧然地舔著胸毛。「我不需要補眠。」她堅稱道。但霧足拒絕了。

「我們三個就夠了。」副族長告訴她。

鷹霜垂頭回答。「好的，霧足。」同時眼帶警告地瞪了蛾翅一眼。他迅速從她身邊走過，她只好跟著他折回營地，一路上目光始終盯著前面那條棕虎斑色的尾巴。

等他們離開隊伍的視線，不會被聽到談話時，鷹霜霍地轉身，面對蛾翅。「飛蛾，我們必須在隊伍裡有出色的表現。我們必須做到最好，妳不是也很清楚嗎？」

蛾翅當場愣住。「我現在叫蛾翅，你忘了嗎？」

「對齁，」鷹霜神色鬆懈了一點，尾巴輕輕刷拂她的尾巴。「沒關係，等我們回到營地，我們可以練習戰技。這比找什麼藥草來得重要多了。」

霧足是要我回去補眠，不是去練戰技。蛾翅懊惱到毛都豎了起來，可是一句話也沒吭。她寧願陪哥哥練戰技，也不想跟他吵架。

蛾翅穿過通往營地入口的蘆葦叢時，嗅聞到某種奇怪的味道，像是橡樹葉的霉味混雜著熟悉的河族氣味。「那是什麼？」她問道。

鷹霜用尾巴指向巫醫窩穴。「雷族貓，」他說道。「她一定是來找泥毛談事情的。」

蛾翅好奇地看著陌生貓兒。她以前從沒見過她……豹星到現在都還沒帶她和鷹霜去參加過大集會……不過這隻暗灰色母貓一定就是煤皮。她站在寬肩的河族巫醫貓旁邊，看上去格外嬌小。她有淺棕色毛髮，上頭零星點綴著灰色斑點。泥毛在當巫醫之前曾是戰士，所以看上去仍像其他河族戰士一樣身形魁梧。

他們兩個正在交談。蛾翅豎起耳朵，偷偷聽。巫醫貓有種迷人的特質，他們的知識好淵博！上個綠葉季……當時還叫做蛾掌的蛾翅肚子經常痛。泥毛就餵她吃藥草，讓她舒服一點，態度和藹又有自信。他還向憂心忡忡的莎夏再三保證，蛾翅不會有危險。

「我的甘菊也剩不多了。」泥毛說，「我不能分妳，但妳有試過地榆嗎？」

煤皮若有所思地眨眨眼睛。「兩腳獸地盤那附近應該有長一些。也許所有巫醫貓都應該……」

蛾翅很好奇地又趨近些。巫醫貓有時候會一起合作，不管他們來自於哪一個部族。但戰士就做不到這一點。蛾翅又往前趨近了些，這時煤皮突然抬眼，蛾翅當場愣住。這位巫醫貓會不會不高興她在偷聽？

但煤皮只是微微點個頭，招呼了一下。蛾翅這才鬆懈下來，也朝她點頭。

這時有東西撞上她腰側，當場把她撞到空地另一頭。

「我是影族戰士，」鷹霜玩笑地吼道。「我在偷襲妳！」

蛾翅在她哥哥腳下不停掙扎，試圖擺脫他。「不要鬧了！」**煤皮會怎麼看我們啊？簡直就像小貓一樣胡鬧。**她爬不起來。鷹霜喵嗚大笑，更用力地壓制她，將她按在腳底下。

「我不想玩。」蛾翅冷冷地告訴他。她不再掙扎，躺著不動，怒瞪著她哥哥。

「拜託嘛，」鷹霜懇求她。他滑出爪子，輕戳她的肩膀。「有哪個河族戰士不反擊的啊？」

「很累的那個。」蛾翅回嗆，根本懶得動。

「妳一點也不好玩。」鷹霜告訴她，隨即放開她，緩步朝戰士窩走去，蛾翅爬了起來，甩甩身子，她的肩膀有點痛。**為什麼我的戰技就是不如他？**鷹霜個頭比她大，速度也比她快。不管什麼戰技好像只要教他一下，就能立刻學會。**這種天分也許承繼自虎星。**

蛾翅再次甩甩毛髮。同時也甩掉紛亂的思緒。他們必須忘掉虎星是他們生父的這件事實。莎夏已經說得很明白，如果被部族貓發現，將永遠無法獲得部族貓的信賴，不會再讓他們留下來。

巫醫貓還在討論藥草的事。蛾翅試探性地瞥看一眼。但煤皮沒在看她。

「妳還好嗎？」天心本來在營地邊緣看顧玩耍的小貓，現在則走了過來，瞪大綠色眼睛。「鷹霜有時候挺粗魯的。」

「沒事。」蛾翅喵聲道，站直身子。「我很習慣我哥哥的那一套把戲了。」

「嗯……」天心懷疑地覷著她。「妳的動作有點慢。」

蛾翅當場愣住。**她是在擔心我嗎？還是在懷疑我不夠資格待在河族？**也許鷹霜說得沒錯，他們必須證明自己的能耐。「我沒事啦，」她重覆說道。「我想是因為剛跟霧足出去巡邏，有點累了。」

天心還沒來得及回應，營地入口就出現騷動。所有貓兒都抬頭去看，這時沉步從蘆葦叢裡衝了出來。「黑爪陷在泥漿裡，」他氣喘吁吁。「我們沒辦法把他拉出來。」

蛾翅渾身驚恐。河邊的泥漿比河水本身還要危險。每隻河族貓都很會游泳，但是最近一個月都沒有下雨，河水水位愈來愈低。水邊黏稠又吸力十足的泥漿會困住貓兒，將他們拖進去。

她衝向入口，其他貓兒也跟在後面。沉步領著他們跑回到河岸的陡坡。「我們剛狩完獵要回來，」他解釋道，「他就失足從石頭上滑了下去。」

下方有兩隻田鼠被棄置在旁，半沒於泥漿裡，黑爪掙扎著想爬上岸，膝蓋以下陷在泥漿裡。

「這岸邊太陡了，我沒辦法靠自己搆到他。」沉步接著說，顯然很苦惱。

蛾翅朝河邊上前一步。**也許我重量比較輕，可以橫過泥漿，去到他那邊。**黑爪抬眼看她，往前掙扎走了幾步，卻只是陷得更深。泥漿濺在他胸口，他面朝下地滑進泥漿裡，奮力扒抓了一會兒，才好不容易又站起來。岸邊旁觀的貓兒們全都倒抽口氣。

不行！蛾翅縮回身子。她想起另一張黑色的臉，那是一隻公貓，同樣絕望地瞪看著她。**他快要像蝌蚪一樣沉下去了，**她心想，害怕到有些頭暈。**他快淹死了，我卻救不了他。**

「抓住我的腿，」豹星告訴沉步。寬肩公貓壓住她的後腿，緊緊抓住毛色金黃的族長，讓她可以趴著蠕動身子過去，同時將前掌伸向黑爪。黑色公貓又掙扎前進了幾步，每踩一步就陷得更深，終於豹星的爪子勾住他的毛，將黑爪往前拉，這時其他貓兒的爪子也都伸過去幫忙，終於吧唧一聲，黑爪從泥漿裡被拔了出來，癱倒在河邊。

蛾翅吁了口氣。黑爪全身都是泥巴，看起來筋疲力竭，可是全身上下都沒少，平安無事。

可是黑爪沒有站起來，反而發出一種被勒住的奇怪聲響，他胡亂揮舞四肢，爪子抓扯著草地。

「他不能呼吸！」豹星大吼，蹲下去抓住黑爪的臉。黑色公貓張開嘴巴，不停作嘔。蛾翅看見裡面都是黏稠的泥漿。他翻著白眼，發出可怕的嗆咳聲。

他要死了！他們把他從泥漿裡救出來，但他還是會淹死！蛾翅突然無法動彈。

「讓我們過去！」雷族巫醫貓煤皮鑽進貓群，泥毛緊跟在後。灰色母貓快步走向黑爪，毫不猶豫地把他身子一推，讓他翻身仰躺。泥毛扒開黑爪的嘴巴，開始從裡面挖出泥漿，煤皮則用後腿撐起身子，不斷用兩隻腳掌搥打著黑爪的胃。旁觀的河族貓全都驚愕到說不出話來。煤皮繼續使盡力氣地搥壓黑爪。

太遲了，他們救不了他。蛾翅還記得莎夏在雨停後，好不容易將蝌蚪從兩腳獸窩穴裡撈出來，但他的身軀已經軟趴趴，沒了呼吸，再也沒辦法救回來。蛾翅的肩膀垮了下去，尾巴低垂，卻在這時看見黑爪軟綿的身體在煤皮的重複重搥下，竟猛地彈抖了幾下。

他突然大力咳嗽，煤皮這才收手。黑爪翻身過去側躺在地，虛弱地乾嘔，嘴裡流出細細的泥漿和口水。

蛾翅驚詫地看著煤皮動作輕柔地扶起黑爪。他靠在泥毛身上，總算可以慢慢地朝營地走回去。

他們把他救回來了。他沒有像蝌蚪一樣沉下去。他沒有死。巫醫貓能夠在其他貓兒都束手無策時，將黑爪救回來。

太陽開始緩緩落到林線後方，蛾翅在巫醫窩附近徘徊不去，隔著窩穴入口的蘆葦叢窺看裡面。黑爪身上的泥巴都已經清乾淨了，呼吸聲雖然粗啞，但已然穩定。

泥毛正在整理一些乾掉的藥草，他背對入口，卻有一隻棕色耳朵往後指向她。「蛾翅，妳需要什麼？」他問道。「生病了嗎？」

「沒有，我沒事。」蛾翅告訴他，同時傾身往裡面更仔細探看。窩穴兩側有挖一些小洞儲存泥毛的藥草。現在有三個臥鋪是空的，上面鋪著新鮮柔軟的青苔。

泥毛回過頭來，用清亮的金色眼睛盯著她看。「那妳為什麼來這裡？」

「呃……」蛾翅喵聲道，全身尷尬到發燙。「我只是……我只是很有興趣……想知道你怎麼照料黑爪。」

「黑爪會好的。」泥毛冷靜地回答。「不過照料他是巫醫貓的事，我相信妳有戰士的工作得去做吧。」

「應該有吧。」蛾翅蠕動著腳。她走了幾步，退出窩穴，但又停下來。

我覺得我屬於這裡。

當泥毛和煤皮在救黑爪時，蛾翅覺察到某種她在學習狩獵和格鬥時從來不曾有過的感動。她也想解救傷病的貓兒，而不是只是為他們上場作戰。

也許我之所以覺得自己屬於這裡，是因為這本就是我的使命。

她朝巫醫窩轉身。「要是我想接受訓練，成為巫醫貓呢？」她脫口而出，然後屏住氣。

泥毛轉過身，用一種搜索的目光看了她良久。「妳最好進來一下。」

蛾翅在巫醫窩裡熱切地嗅聞空氣。它聞起來很神祕很豐富，充滿各種藥草的味道。泥毛盯看她一會兒，金色目光若有所思，然後問道：「為什麼妳想成為巫醫貓？」

蛾翅緊張地蠕動著身子。「當我和鷹霜還是小貓時，我們的哥哥淹死了。」她開口道。「但我今天看到你和另一隻巫醫貓救活了黑爪。我在想……也許我哥哥當時其實不會死。如果可以的話，我也想挽救其他貓的性命。」

泥毛聽到她的回答，笑了一下。「通常巫醫貓是從當見習生開始，要先接受訓練。」他告訴她。「妳已經是戰士了，已經當過見習生。我以前也是戰士，後來也是接受訓練，才當上巫醫貓的。」

蛾翅興奮到胸口繃得死緊。泥毛曾當過很久的戰士，甚至有伴侶貓，還生了一窩小貓。他是豹星的父親。也許她的想法不算瘋狂。「你會訓練我嗎？」她問道。

泥毛搖搖頭。「先別那麼興奮。我必須先找豹星和霧足談過才行。畢竟我們並沒有從星族那裡得到有關妳的任何徵兆。」

「星族？」蛾翅歪著頭，表情不解。她當然聽過星族。河族貓每次捕獲獵物，都要謝謝星族。她聽過長老告訴小貓，星族在庇佑他們。但她總以為那只是他們用來敬拜祖靈的一種說法。所以她很訝異巫醫貓在做重大決定時，竟然也得實際找星族商量。「我就活生生地站在這裡，願意盡我所能地幫助我的部族，為什麼還需要來自星族的徵兆?」

泥毛眨眨眼睛。「畢竟妳不在部族出生。」他嘴裡嘟囔。「蛾翅,妳聽好,星族會指引部族的方向。巫醫貓不只要照顧生病的族貓,當族長必須做出重大決定時,巫醫貓也得提供建言。因此,我們必須能跟星族對話。我們會告訴族貓,我們的祖靈在我們的未來裡頭預見到什麼,祂們希望我們怎麼做。」

蛾翅發現自己正瞪大眼睛。「你會跟星族對話?」她問道,那語調驚訝到幾近尖叫。她可以接受她的族貓在談到星族時,表現出對祖靈的敬仰,但她發現自己很難相信祖靈還能回應。「祂們會告訴你要做什麼嗎?」

泥毛點點頭,金色眼睛緊盯著她看。「巫醫貓必須對星族有特殊的感應。」他表情嚴肅地告訴她。「這是我們最重要的工作。」

蛾翅用後腿盤坐下來,覺得有點喘不過氣。泥毛可以跟已故貓兒的靈體對話?煤皮和其他部族的巫醫貓也都可以嗎?要是她當上巫醫貓,也許有一天她也能辦到。她想起蝌蚪死後,她曾經很想用她所有的一切來交換,只為了能再跟他說上幾句話。她興奮到毛髮微微刺癢。**我希望星族能相信我有能力。**

蛾翅快步穿過營地,朝巫醫窩走去。自從她跟泥毛談過之後,已經又過了幾天。但他還不讓她睡在巫醫窩裡……仍在等候來自星族的徵兆。可是豹星已經同意她可以開始幫忙泥毛照顧族貓。

「要去當治療者了嗎？」霧足正在空地上，腳下是吃剩的魚。

「我……」蛾翅不知道該怎麼說。她的前任導師是在不爽她嗎？「我喜歡治療。」她輕聲說道。

「沒關係的，蛾翅。」霧足的目光柔和了下來。「我認為妳是好戰士。我花了很多時間訓練妳。但如果星族決定妳可以當巫醫貓，也是件好事。泥毛不再年輕，該是時候找個見習生了。」她接著說道，同時舔舔前掌。「但如果沒被選中，也別太失望。」

「為什麼不會被選中？」蛾翅在霧足離開後，大聲地納悶道。

「最好是被選中，」鷹霜吼道。「不然我們就慘了。」

蛾翅警覺轉身。她剛沒看到她哥哥藏在巫醫窩外面的蘆葦叢裡。「你這話什麼意思？」她喵聲道。

鷹霜後腿盤坐下來，眼裡閃著怒光。「我們好不容易才當上河族戰士，在這裡有了一席之地，也有了目標，妳卻在這時回頭要去當巫醫貓。要是妳失敗了，妳覺得會對我們造成什麼影響？」

蛾翅遲疑了。她沒想過河族會怎麼看待她想轉換跑道的這個念頭。她只是單純想追求她自認該有的使命。她沒有回答，於是鷹霜又接著說……

「那看起來會像是妳無法承擔起戰士的責任，又不夠資格當上巫醫貓。他們就可能因此認定這代表妳不是河族的一分子，我也不是。」

蛾翅搖搖頭。「不，他們不會這麼想。」她堅稱道。

「這不是由他們來決定，」鷹霜提醒她。「就像霧足說的……星族會決定妳適任與否。」

鷹霜說得沒錯。有太多事情掌握在祖靈手裡，而蛾翅根本連一個祖靈都不認識。但她必須相信自己的能力完全符合星族的要求。「現在這裡是我們的家了，」她語氣堅定地說道，並試著讓自己充滿自信。「我會努力工作，我會證明給他們看，我是夠格的巫醫貓。」

鷹霜站起來，正準備要離開，但走了幾步又停下來回頭看著蛾翅。「為了我們兩個好，」他低吼。「妳最好是。」

她看著她哥哥消失在蘆葦叢裡，原有的自信開始動搖。星族不會跟泥毛說她不適合當巫醫貓吧？她對星族所知不多，但是她知道祂們的所作所為都是為了部族好……所以再多出一隻巫醫貓對河族有什麼不好呢？再說也沒有別的貓在拜託泥毛訓練他們啊？

巫醫窩裡的黑爪正在咳嗽，聲音粗啞、痛苦。泥毛正用一隻腳掌揉著他的後背，並開口安慰他：「你吸入太多泥漿，所以儘管咳，把它們都咳出來。你已經在慢慢康復了。」

急著幫忙的蛾翅，快步走到泥毛裝滿藥草的小洞穴那裡。**他會用什麼來緩解黑爪的呼吸呢？**她找到一些紫色的杜松子和莓果，於是把它們搗成泥，再從另一個洞穴裡拉出款冬葉嚼成泥。

「做得很好。」泥毛喵聲道。正在混合兩種藥泥的蛾翅嚇了一跳，抬頭看見泥毛稱許的目光。「妳似乎很有天分，」巫醫貓接著說。「也許是星族正在帶領妳的腳步。」

蛾翅遲疑了。**沒有貓在帶領我的腳步，我只是記得你昨天用了哪些藥草而已。**「謝謝你的誇獎。」她結結巴巴地回答。

泥毛對她眨眨眼睛，神色溫暖。「妳知道嗎，我對妳有沒有資格當見習生的這些疑慮正在消失中。蛾翅，妳很努力。」

蛾翅背上一陣震顫。不管她了不了解星族，但她很看重泥毛對她的看法。**我已經準備好要當巫醫貓了。**

幾天過後，森林上方圓月當空，河族離開了大集會。蛾翅忍不住全身發抖。剛剛部族貓都好生氣。

當豹星向所有部族介紹她和鷹霜時，蛾翅很感到自豪。當時她站在四大部族面前，月光當頭照下，四喬木的陰影灑在身上，豹星喊出蛾翅和鷹霜的戰士封號。

可是他們恨我們！

「惡棍貓！」有隻貓兒朝他們大喊，也有少數幾隻河族貓不以為然地對著蛾翅和鷹霜低吼。可是豹星站出來維護他們兩個，直言影族也有很多貓以前是惡棍貓，雷族族長火星自己以前也當過寵物貓。等到貓群心平氣和下來之後，蛾翅和鷹霜互看一眼，表情半是驚嚇半是寬慰。

然後豹星又宣布了另一件事，說蛾翅已經開始接受巫醫貓的訓練。這時貓群群起抗議。

「惡棍貓哪懂得星族啊？」影族族長黑星憤怒地吼道，還有好多貓兒齊聲附和。被大家怒瞪和亮出利爪的蛾翅十分害怕。要是他們攻擊她，那該怎麼辦？泥毛靜靜地坐在她旁邊。他會保護她嗎？他能嗎？

跟戰士們站在一塊的鷹霜氣得全身發抖，腳爪戳進泥地裡。

最後泥毛起身，貓群瞬間安靜……不管他們有多憤怒，只要巫醫貓開口，他們都得聽。他說蛾翅很有天分，這句話令蛾翅又自豪了起來，他的發言使她不再受到其他戰士的冷嘲熱諷。可是後來他又說因為她並非在部族出生，所以在收她為徒之前，他會先等星族的徵兆。

這不是泥毛第一次說他想要得到一個跟她有關的星族徵兆，只是她從來沒有意識到要是他沒有得到那個徵兆，她是不是沒有機會當泥毛的見習生了。不管她多努力都一樣。

當蛾翅跟著泥毛走向河族領地時，腳步不禁沉重。

泥毛把尾巴擱在她背上。她抬眼看他。「蛾翅，我相信妳一定能當巫醫貓的。」他安慰她。「妳會證明他們都是錯的。」

「要是星族不給你徵兆呢？」她問道。她的聲音聽在自己的耳裡小聲而且害怕。

「那怎麼辦？」也許有辦法可以解決。

「我相信祂們會給我的。」泥毛明快地告訴她。他們抵達營地後，他把尾巴從她背上移開。「我們一大早在巫醫窩見吧，到時我們來製作治喉嚨痛的藥泥。」

她看著他消失在巫醫窩裡，心跟著一沉。泥毛似乎很有自信，可是要是一直沒有來自星族的徵兆，那該怎麼辦？**要是星族根本不存在呢？**蛾翅趕緊甩開這個念頭，瞥看四周，彷彿擔心會有貓聽見她心裡的想法。

如果真的有星族，她就得小心一點，別惹祂們生氣。**我必須成為巫醫貓，我不能令我的族貓失望。而且泥毛這麼挺我，我也不能令他失望。**

第三章

不久，蛾翅好不容易甩開了內心的擔憂。如果她夠努力，星族當然會認同她，讓她當巫醫貓。

她喜歡在巫醫窩裡工作。她很喜歡聞到那混雜了各種藥草的氣味，其中很多她現在都能辨識了：金盞花、豚草、琉璃苣、艾菊、白菊。每種植物都有它自己的氣味、外觀、和用途。蛾翅很自豪自己學得很快。**艾菊是用來治咳嗽，金盞菊是治感染，**她一邊想，一邊分門別類地整理。

黑爪已經康復，現在巫醫窩裡已經沒有病貓。但是泥毛告訴她，像這樣的空閒時間，巫醫貓的工作就是為遲早會進來的傷病患預先作好準備。所以蛾翅得把混合好的藥草先用山毛櫸的葉子包好，這樣一來，要是綠咳症來襲，就有已經備好分量的貓薄荷和艾菊可用。她每天都在臥鋪裡頭鋪上新鮮的青苔，並把藥草放在太陽底下晒乾，以利儲存。她會在營地四周搜找，尋找強韌的蜘蛛絲來緩解帶血的傷口。她也會仔細聆聽泥毛教她若要從小貓腳掌上拔下尖刺，用什麼方法最好，或者如何用蘆葦固定住骨折的部位。

泥毛總是自信地在巫醫窩裡走動，從來不會忘記任何藥草的名稱，總是精準抓藥，似乎無所不知。蛾翅等不及要變得跟他一樣。

蛾翅整理藥草時，他蜷伏在她旁邊，半閉著眼睛，語氣平地說：「協助貓后生產，是巫醫貓最重要的工作之一。它可以是最快樂的工作……也可能是最悲傷的工作。妳必須隨時備足山蘿蔔，可以的話，也最好有樹莓葉子。分娩第一個徵兆是……」這時巫醫窩瞬間暗了下來，一定是烏雲出現了，遮到太陽，但泥毛突然不說話了。

我希望會下雨，蛾翅心想。最近乾旱太久。河族還有一條河，但其他部族的水源正在枯竭……風族甚至曾徵求豹星的許可，讓他們可以到河邊飲水。

泥毛還是沒說話。本來看著藥草的蛾翅這時抬眼，卻看見泥毛若有所思地瞪看著窩穴外面的天空。

「你還好吧？」她問道。

泥毛對她眨眨眼睛，好似她在很遙遠的地方。「我得請妳離開窩穴。」過了一會兒，他告訴她。「我想突然天黑可能是星族有什麼徵兆要給我。我必須獨處一下，好好解讀。」

「可是那只是烏雲啊。」蛾翅反駁道，但泥毛注視著她，她尷尬地弓起肩膀。**我的語氣聽起來不像是巫醫貓該說的話。**「對不起，我現在就離開。」

她快步走出巫醫窩，差點被自己絆倒。等她來到生鮮獵物堆時，已經忘掉了尷尬。可是她一想到泥毛竟然試著要釐清烏雲的意義，還是覺得很不可思議。

鷹霜正在挑選獵物，他剛剛才巡邏回來，抬頭看見她，很是驚訝。「怎麼了？」

蛾翅先瞥看四周，確定沒有貓聽到，才告訴他。「在我看來那件事是有點蠢啦，」她承認道。「泥毛是我所見過最聰明的貓，可是那只是一片烏雲擋住太陽，每天都會發生啊。不可能代表星族有話要對我們說。」

鷹霜搖搖頭，瞇起眼睛。「蛾翅，妳不能這樣講。」

蛾翅懊惱到全身毛髮微微刺癢。「那你的想法呢？星族對任何事情都要管嗎？」

「我怎麼想不重要，」鷹翅語氣堅定地說道。「我不知道星族是不是真的存在，但如果為了成為河族的一員，我必須假裝相信祂們，那我就會假裝給他們看。」

「你會？」蛾翅覺得自己倒抽口氣。她從來沒想過要騙大家自己相信星族是存在的。她本能地縮起身子，看了天空一眼……要是這麼說，害星族生氣了怎麼辦？

「妳也要假裝，」鷹霜朝她靠近，他壓低音量用一種危險的語調說：「妳都當上戰士了，竟還跑回去當見習生，這本來就是件很鼠腦袋的事。不過我們還是可以成功。大家都很敬重巫醫。要是泥毛決定收妳為徒，他們就會忘了我們不是在部族裡出生。」他的藍色眼睛迎視著她。「我們的未來在這裡。只要妳當上巫醫，我們就能永遠留下來。我們的地位會變得更重要。妳不會想被趕出去，回頭再去當惡棍貓吧？」

蛾翅緩緩搖頭。他話裡的威脅意味再明顯不過。她不想欺騙任何貓，但鷹霜說的也沒錯。他們在部族的地位現在就全靠她了。是她選擇了這條路，她沒有別的選擇，只能堅持下去……如今只有一個辦法既能滿足她哥哥的心願，也不用勉強自己撒謊。鷹霜是對的，**我必須相信星族的存在**。

「好吧。」她說道，責任重擔瞬間壓在她肩上。

「大肚，我不確定這能幫助多少，」泥毛難過地說道。「我們頂多只能幫忙你緩解疼痛。」

自從那天烏雲掠過太陽之後，已經又過了兩天，就算泥毛認定這是來自星族的徵兆，也一直沒跟蛾翅說它代表什麼意義。此刻泥毛正在小心檢查大肚的腿和臀部，並不時發出同情的喵嗚聲來安慰時不時呻吟喊痛的暗棕色長老。

「我不是想再像小貓那樣跳來跳去，」大肚嘟囔道，「但如果有什麼方法可以讓我穩穩當當地走在營地上，不會再摔倒，那就夠了。」

蛾翅嚼著紫草根，盡量不把它的苦汁吞進去，最後吐出嚼爛的藥草，再搗成泥狀。「我敷上去好嗎？」她靦腆地問道，但泥毛搖搖頭。

「不行，妳還不是見習生。」他喵聲道。蛾翅順從地退到後面，這時泥毛開始用熟練的手法將藥泥抹在大肚的後臀，並輕輕搓揉。「這可以緩解你的關節痛。」他告訴長老。

蛾翅站在泥毛旁邊看他工作，心裡揣著不大不小的擔心。泥毛會讓她清理巫醫窩和整理藥草，但不肯讓她觸碰患者，除非星族給他徵兆。

如果他一直沒得到徵兆，那怎麼辦？她就只能更換臥鋪的青苔和嚼爛藥草，直到老死為止，永遠當不了巫醫，就連見習生也當不上嗎？還是他會再送她回去當戰士？其他河族貓都已經知道她心在巫醫窩，仍願意再接納她回頭當戰士嗎？

第二天早上，蛾翅在戰士窩外縮成一團，看著太陽升起。又是綠葉季炎熱的一天，但她的心卻是冷的。昨夜她沒睡好，等她終於打起瞌睡時，鷹霜剛好如廁回來，意外吵醒她。她打個呵欠，嘴巴發乾。

泥毛會留意到我整天都待在自己的臥鋪裡嗎？好吧，他當然會留意到，但這有差嗎？其他戰士已經開始交頭接耳地談論她……她感覺得到他們的目光，但他們並不知道她有看到。他們以為星族不要她了。已經一個多月了。**也許我應該離開河族**，她絕望地想道，**如果我當不了巫醫貓，我就不屬於這裡了**。她聽著營地外面那熟悉又舒緩的蘆葦窸窣聲，只覺得心好空。**我真不想離開**。

她抬眼看見站在巫醫窩外面的泥毛，他的身體似乎很緊繃……是驚訝的關係嗎？還是期待？他直視她一會兒，蛾翅抬高下巴打了招呼，但他沒有回應。他彎下腰，從腳下拾起一個很小的東西，然後匆匆走向豹星的窩穴。坐在生鮮獵物堆附近的霧足和影皮在他經過時驚訝地抬頭張望。

豹星窩穴裡傳來很小的低語聲，接著族長探出頭來……她看起來仍睡眼惺忪，似乎剛被泥毛吵醒……她在喊霧足，要她也進窩穴裡來。

蛾翅的目光對上影皮的。毛髮暗色的長老表情跟她一樣不解。

過了一會兒，豹星從窩穴裡出來，大步走到空地中央。霧足和泥毛走在她旁邊後面一點。「河族！」她大喊。「所有年紀大到足以自己狩獵的貓都過來集合，我有事宣布。」

吵雜又疑惑的聲音從戰士窩裡傳來。

「什麼事情啊？」沉步吼道。

「這麼早！」苔皮喵聲道。

「出了什麼事嗎？」黑爪喊道，然後他們一個接一個地伸著懶腰，眨著惺忪睡眼，從窩穴裡魚貫出來。天心和曙花也從育兒室裡探出頭。天心的小貓都好奇地挨擠在她腳邊，燕雀掌則快步走出見習生窩。

鷹霜從戰士窩裡出來，蛾翅跟了上去，他們跟其他貓兒一起圍站在豹星四周。「你知道是什麼事嗎？」他問道，蛾翅搖搖頭。

河族貓安靜下來，一臉期待地看著他們的族長。空地上靜悄悄的，只剩蘆葦沙沙作響，還有一隻松鴉在頭頂啾唱。豹星開口。

「星族賜徵兆給泥毛了。」

她用尾巴示意。巫醫貓上前一步。「我一直對蛾翅當巫醫貓這件事很有信心，哪怕她並不是在部族出生。但我們決定要等候來自星族的徵兆，這樣才不會有貓兒對她有異議。我們等了一個多月。」他停頓一下，蛾翅屏住呼吸，心裡滿滿的亢奮。真的有了嗎？

「今天早上，」泥毛繼續說道，他的淺棕色毛髮染上太陽的光暈。「我在我窩穴外面發現一隻蛾翅。這絕對是星族同意蛾翅擔任巫醫貓見習生的徵兆。」他驕傲地眨眨眼睛看著蛾翅。她朝他垂頭致意。她心跳得厲害。如今終於如願以償……

蛾翅的族貓圍了上來，興奮的道賀聲劃破空氣，他們蹭蹭她的面頰，喵嗚恭喜。鷹霜用腰側撞她一下。「妳看？」他開心說道。「妳白擔心了。」

蛾翅太開心了，開心到那當下她都以為自己都快飛起來了。星族選定了她。她的族貓都很開心！她總算心安神定，有了一股歸屬感。她閉上眼睛一會兒，將一個念頭快速傳送給星族：**謝謝祢們，對不起，我曾經懷疑祢們。**

半月當空，林子裡灑下淺白的月光，蛾翅和泥毛正肩並肩地朝河族營地走回去。

「所以……」泥毛在沉默地相偕走了一段路之後，才開口問道。「妳的感覺如何？」

「太神奇了。」蛾翅脫口而出。「感覺真的很棒，好興奮喔。」她無法以言語形容她的第一次巫醫會議，但泥毛喵嗚輕笑了一下，似乎能夠理解。

他們黎明就起身離開營地，連生鮮獵物堆都沒看一眼，因為如果想跟星族交談，事前不能進食。前往高岩山是一段漫長的路，他們一路上飢腸轆轆……蛾翅敢發誓，途中遠處飄來的獵物氣味不曾那麼誘人過……等到他們和其他巫醫貓抵達光裸的崖坡時，太陽都快下山了，這道崖坡可以通往那座叫慈母口的幽暗洞穴。

蛾翅曾遠行來過這裡，當時是豹星的其中一趟月亮石之旅，她是隨行者之一。但她從來沒進去過。

這一次，她可以進去了。一開始她還有點小失望，因為裡頭又濕又冷，比最深沉的黑夜還要幽暗。她跟著其他貓兒走在蜿蜒的通道裡，但就連只有一條尾巴距離外的東西都看不見。後來他們進入大洞穴，平滑的岩穴外面是漫天閃爍的星光。洞穴中央有一座大石頭，其他貓兒要她坐在它前面，時間慢慢流逝，感覺好像過了好幾個月。他們在黑暗中靜靜等候。蛾翅心想：**就這樣嗎？**

後來月亮出來了，月亮石頓時光華璀燦。她的心跳得厲害，活像要從胸口蹦出來，這時泥毛領著她走向月亮石，引薦給星族。他叫她躺下來，將鼻子抵住月亮石。其他巫醫貓一個接一個地在她身旁躺下，閉上眼睛，滿心期待，全身繃緊。她在他們的陪伴下一起等候星族貓的現身。

等到他們渡河折回營地時，蛾翅的心裡閃過一絲疑慮。星族有跟她對話嗎？祂們給她看到的異象只是所有河族貓嗎？她當時躺在那裡心裡想像的是河族的未來，覺得自己很快樂，終於被星族接納。於是她看到英勇強壯的鷹霜帶領著一支巡邏隊，曙花的小貓健康長大，生鮮獵物堆上滿滿都是獵物……這一切都只算是自己的想像嗎？

莫非還應該看到別的東西？從泥毛的說法來判斷，應該還有對話才對啊。

他們從正在站崗的苔皮旁邊經過，後者向他們點頭招呼。蛾翅甩甩身子，彷彿一併甩掉了心中的疑慮。**我也搞不太清楚是怎麼回事。**

營地靜悄悄的，多數貓兒都睡了，再過沒多久，太陽就要出來了。

「我直接回臥鋪了，」泥毛告訴她。「如果妳很餓，可是先吃點東西。」

「我會的。」蛾翅回答，她已經在流口水了。她今天走了很長的路。從慈母口回來的這一路上所捕到的田鼠並未填飽肚子。

泥毛慈愛地彈動尾巴，滑過她的背。「蛾翅，妳今天表現得很好。」她喵聲道。「我為妳感到驕傲。可是妳待會兒進窩穴時，別吵醒我喔。」

「好好睡一覺吧。」蛾翅告訴他。現在她是星族認可的全職見習生了，也許以後在巫醫窩裡會睡得比較好。泥毛一得到星族給的徵兆，就在巫醫窩裡幫她準備了一床臥鋪。但她還是有點想念戰士窩的氣味和聲響。她想念睡在她旁邊的鷹霜。這是他們這一輩子第一次不再同窩共眠。

她在趨近生鮮獵物堆時，聞到熟悉的氣味，然後就看到他了。生鮮獵物堆旁有個暗色身影縮在那裡。「你不睡覺，在這裡做什麼？」蛾翅問道，又驚又喜。

鷹霜伸個懶腰，喵嗚地笑，眼裡映照著黎明的灰色曙光。「我想見妳啊。」他喵聲道。「怎麼樣？星族有接納妳嗎？」

「我想應該有吧，」蛾翅自豪地回答。「我現在是正式的巫醫貓見習生了。所有巫醫貓都對我很好。尤其是雷族的見習生葉掌，只有我們兩個是見習生。」

「現在我們真的能在這裡安身立命了。」鷹霜接著說道。他的聲音裡頭有種得意，蛾翅的肩胛骨瞬間微微刺癢，她突然有些提防。以前他們還是小貓時，只要鷹霜趁莎夏沒留意的時候多吃了一口獵物或者玩青苔球時靠花招贏了蚪蚪，他的語氣就會變成這樣。

「我們當然能安身立命。」她不安地說道。「鷹霜，怎麼了嗎？」

鷹霜遲疑一下，然後好像終於忍不住，脫口而出：「是我把那片蛾翅放在泥毛窩穴外面。」

蛾翅愣住。她無法呼吸。那一瞬間，她根本無法思考，最後沙啞出聲：「你說什麼？」

「噓，」鷹霜要她小聲點。「妳本來就註定要當巫醫貓，誰都看得出來。但就因為我們不是在部族出生，泥毛又堅持一定要等有徵兆才行，才一直拖在那裡。妳已經證明了自己，所以為什麼我們要苦等那可能永遠不會出現的徵兆？」

「可是……」蛾翅覺得反胃。她在月亮石那裡以為看到的異象原來只是自己腦袋裡的想像？星族並不認同我？我應該告訴泥毛。

鷹霜朝她靠近，放低音量。「星族沒有阻止啊。」他的呼吸熱燙地吐在她的面頰上。「就算星族真的存在，祂們也一定認為這沒關係。搞不好祂們不在乎。又或者祂們根本不存在。」

「也許吧，」蛾翅覺得自己像裂成了碎片。或許星族只是一個故事而已。她在月亮石那裡看到的只是一場夢。

祂們若真的存在，絕不會讓鷹霜做出這麼鬼祟的事。若星族是真真實實的，祂們也一定不樣這樣折磨她，讓她等了那麼久……祂們一定會親自告訴泥毛她到底適不適任。

「我應該告訴泥毛。」她再度說道，心裡不太確定。

「但妳不會。」空地被灰色曙光點亮，鷹霜半瞇著淺色眼睛看著她。「妳知道河族有妳當巫醫貓，一定會變得更好。」

蛾翅深吸一口氣。鷹霜說得沒錯。如果告訴泥毛，她就會失去一切。河族也可能因為她和鷹霜的欺瞞而驅逐他們。她用力吞了吞口水。他們能去哪裡呢？她只是想當河族的巫醫貓。這樣很過分嗎？哪怕星族沒有選中她？**無論星族存不存在，**她在心裡暗下決心，**我一定要盡我所能地成為最厲害的巫醫貓。**

第四章

「十六、十七、十八……」蛾翅低聲數道，小心地用腳爪將酸模葉分開。

「二十四片。」泥毛惱火地打斷她，聲音有些虛弱。「妳已經在窩穴裡數了五遍了。」

「是你教我做事要仔細點。」蛾翅告訴他。一陣冷風穿進巫醫窩，她渾身發抖。這個落葉季意外寒冷，她已經好一陣子找不到新鮮的藥草了。

「我沒有教妳同一件事情要不斷重覆地做。」泥毛嘟囔道，聲音比以前更有氣無力。蛾翅一臉擔心地打量他。老巫醫貓的視力模糊了，聲音也變得粗啞。她輕輕觸摸他的腰側，感覺得到他瘦弱的身軀非常燙。

泥毛的病來得不是時候。部族領地老是出事。兩腳獸入侵森林。牠們了砍斷四喬木，帶來很多怪獸開挖土地。獵物全都逃逸無蹤。其他部族正在討論要不要離開這座森林。**要是我們必須離開，泥毛怎麼應付得了這場長途旅行？**

四大部族都各自有幾名年輕戰士曾消失一陣子，後來又回來了，其中也包括河族的暴毛，只是他姊姊羽尾已經在旅程中不幸遇害。他們帶回消息說星族賜給他們一個預言，會有徵兆告訴部族該何去何從以及何時離開。但那個徵兆還沒來。

受到河流天然屏障的河族目前為止尚未被兩腳獸侵擾。豹星曾說河族要留下來，除非兩腳獸侵門踏戶河族的領地。但這條河日益變淺……哪怕定期下雨，但水位還是比那年夏天可怕的乾旱期還要低。沒有貓兒知道原因。**我們恐怕也得離開。**

正在呻吟的泥毛將頭顱擱在臥鋪邊，彷彿累到連頭都抬不起來。他那副虛弱的骨架正在顫抖。

「你很痛嗎？」蛾翅問道。泥毛又發出呻吟。她趕緊拿蜂蜜和艾菊葉混上一點罌粟籽。罌粟籽可以緩解疼痛，蜂蜜對感染有效，至於艾菊葉可以冷卻他的體溫。「試著吃吃看這個。」她喵聲道，同時把混合好的藥草拿近他嘴邊。泥毛虛弱地舔著她腳掌上的藥草。

蛾翅看她導師睡得極不安穩，瘦弱的腰腹在短淺的呼吸裡上下起伏。**拜託你，要好起來**，她心想道，**我沒辦法單靠自己。**

她已經當了好幾個月的巫醫見習生，熟記了各種藥草用途，也協助過泥毛照料過大小傷病的貓兒和小貓。她已經懂了很多，但還是沒辦法完全掌握巫醫貓的所有知識。**要是我是星族真正欽點的巫醫貓，或許就不一樣了……**

太可笑了，她斥責自己，**星族只是夢裡虛構的。要是祂們真的存在，才不會被鷹霜戲弄呢。**

對她來說，再也沒有比確保族貓的健康這件事來得更重要了。如果這個理由都不足以讓她當上巫醫貓，那什麼才是？只不過她還沒準備好要獨當大任。

夜色降臨，鷹霜將頭探進巫醫窩裡。「我幫妳拿了一隻老鼠過來，」他大聲說道，同時緊張地瞥了正在打瞌睡的泥毛一眼。

「謝謝，」蛾翅喵聲道。「我不想離開他。」

鷹霜把老鼠丟在她腳下，然後有些猶豫地蠕動著腳。「我剛在領地邊緣那裡跟莎夏聊了一下。」他緩緩告訴她。

「喔，那很好啊。」蛾翅喵聲道。幾個月前，莎夏連同幾隻部族貓一起被兩腳獸抓走，裡頭也包括霧足。後來他們被雷族貓救出來。當時霧足就有跟莎夏說，歡迎她隨時她來訪河族。要是能再見到他們的母親，那就太好了，哪怕她不會留下來。**不留下來是因為她想守住虎星是他們生父的那個祕密**。有太多影族貓知道她和虎星曾是伴侶貓。要是被影族貓發現莎夏就是蛾翅和鷹霜的生母，恐怕就會揭發那個祕密。不過她很高興知道莎夏就在附近。

「是啊……」鷹霜開口道，然後低頭垂眼。「可是火星和另外兩三隻雷族貓有看到我們。他們是到河族領地找豹星談事情。火星問我們是不是虎星的孩子，莎夏說是。」

「什麼？」蛾翅渾身發冷。「她為什麼要承認？」

鷹霜弓起肩膀。「他是說……他其實早就知道，我猜是因為我長得很像虎星吧。至少我跟棘爪長得很像，大家也都知道他是虎星的兒子。只是因為他在部族出生，所以貓兒不會對他有疑慮。」

「我想他們終究會發現的。」蛾翅心不在焉地說道。鷹霜和棘爪真的長得很像。

「所以我們得離開嗎？」

河族不會想要虎星的孩子，這一點她很確定。族貓們到現在都還會談到虎星掌權後殺了哪些貓，做了哪些惡事。他們會搬出他的名字來嚇唬頑皮的小貓，活像他是頭怪物或狐狸。

「也許不用吧。」鷹霜趨近點，用鼻子輕觸她的面頰。「我不認為火星會告訴別的貓或者任由他的隊員跟其他貓說。我想他已經知情很久了。」

蛾翅心情恐懼沉重。「可是要是他們說出去……」

鷹霜伸出他的長爪，戳進地上。「我現在是河族裡頭最強悍的戰士，」他強調。「如果有誰想跟我們反目，他們會後悔的。」泥毛睡得極不安穩。鷹霜又瞥看他一眼。「我還是走吧。」

蛾翅點點頭，目送他離開巫醫窩，但她一直有點心不在焉。所有一切都在瓦解。

泥毛臥鋪那裡傳來很小的聲響。蛾翅抬眼去看，發現他已經睜開眼睛，正盯著她。**要是他剛聽到了怎麼辦？**她難過地想道。如果他知道她就是虎星的孩子，他還會要她當他的見習生嗎？

「泥毛？」她問道。棕色公貓發出奇怪的哮喘聲，還試圖想爬起來。他看上去憂心忡忡，但沒生氣。可是才爬了一半，又倒回臥鋪，上氣不接下氣。

「泥毛！」蛾翅忘了鷹霜和虎星的事，趕緊跑到泥毛旁邊。他眼睛緊緊盯著她，似乎掙扎著想說話，但只發出濃稠的喉音。「哪裡痛？」她問道。「你需要什麼？」

泥毛開始作嘔。膽汁從他嘴角汩汩流出，他氣喘吁吁，倒抽口氣。蛾翅用腳掌按壓他的腰腹，發現他呼吸非常短淺。「救命啊，」她大喊。「救命啊！」

似乎過了好久好久，才有腳步聲從外面傳來。黑爪和燕雀尾衝進巫醫窩。黑爪的見習生田鼠掌也緊跟在後。「去找豹星來！」蛾翅對他們厲聲喊道。田鼠掌趕緊回頭疾奔出去。

又過了一會兒，豹星從戰士中間鑽了進來，低頭瞪看著泥毛，琥珀色眼睛裡盡是驚恐。「他怎麼了？」

泥毛又在作嘔，瘦弱的身子無法受控地不斷發抖。

「我不知道，」蛾翅哭號。「他……他一直在生病，剛剛又跌倒，好像沒辦法喘氣或說話。我有給他罌粟籽和艾菊，還有……」

豹星打斷她。「他會好起來嗎？」她的聲音異常冷靜，這不禁令蛾翅想起泥毛不只是豹星的巫醫貓，也是她父親。要是泥毛死了，對族長來說將是嚴重的打擊。

「我不知道。」蛾翅重複道，只覺得無助。「我已經盡全力了，可是……」我可能需要更有經驗的巫醫貓提供意見。她覺得羞愧。「我可以請煤皮來幫忙嗎？」

豹星點點頭。「雷族現在在陽光岩紮營，妳趕快去，我來陪泥毛。」

蛾翅衝出營地，朝河邊奔去，還好此刻外面有足夠的月光為她指引方向。**我先找葉掌好了**，她在心裡想道，**她喜歡我，而且她是火星的女兒，一定可以說服他讓煤皮來幫忙的。**

她先走進很淺的河水裡，再朝另一頭的陽光岩涉水過去。月光下，她看見雷族貓正蜷伏在光裸的岩石上睡覺。他們馬上就要離開森林，因為營地已經被毀，什麼都不剩。

要是泥毛死了怎麼辦？蛾翅既害怕又難過，覺得全身冰冷。泥毛又老又病，恐怕活不了。要是河族巫醫貓死了，其他部族都離開了，她就得獨自照顧所有河族貓。**我還沒準備好啊。**

要是她是星族選中的，也許現在就已經準備好了，也許就能不假思索地知道自己該怎麼做。蛾翅腳步堅定地踏水而過，水花四濺。她一直很努力。沒有貓兒像她這樣受訓那麼短就學會了那麼多知識。只是那個徘徊不去的念頭一直都在，不管怎麼樣都甩不掉：**如果星族真的存在，那麼祂們現在一定是在懲罰我。**但就算是這樣，她也不能令泥毛失望。他對她的能力有信心，曾因此飽受族貓的抨擊。而這個理由已足夠她留下來，並努力做到泥毛對她的期許。她會回饋他所教給她的一切，好好治療他。無論如何，蛾翅都決心要令她的導師為她自豪。

泥毛躺在巫醫窩的空地中央，他的呼吸很淺很慢，腰腹幾乎沒有起伏。雨水從上方枝葉滲了下來，滴在他身上，可是他沒有縮起身子也沒有移動。剛開始下雨時，蛾翅曾試著把他移到他的臥鋪，但他嗚咽抽泣地像隻受傷的小貓，她就不敢再搬動他了。

煤皮和葉掌來訪之後，又過了幾個日出，泥毛曾好轉一點，可以爬起來，在巫醫窩裡慢慢走動，那時蛾翅也餵他吃了些藥草緩解疼痛和感染的問題。

在此同時，巫醫窩外領地的問題每況愈下。風族幾乎在挨餓。河族河水的水位也愈來愈低，貓兒們已經發現原來是兩腳獸挪用水源。影族營地在所有部族面前被當場摧毀。豹星最後決定就算河族單獨留下來，也太危險。四大部族得一起行動，離開這裡尋找新家園。

或者至少這計畫已經成形了。但現在泥毛快不行了，他根本沒辦法長途旅行。**我們不能獨留他在這裡等死**，蛾翅心想，同時用尾巴搓揉著他的腰腹。

豹星從蘆葦叢裡鑽進來，低頭看著自己的父親，眼裡布滿愁雲。「還要多久？」她問道。

「我不知道，」蛾翅告訴她。「但應該不久了。」

豹星點點頭。「我會轉告大家。我們會等到這一切結束。他為河族奉獻了一生，理當好好送別。」

她才離開，影皮就走進巫醫窩裡。「我想跟他道別。」暗灰色長老難過地喵聲道。「我跟泥毛從小一起長大。」她嘆口氣，坐在泥毛旁邊，鼻頭輕抵著他的面頰。

他們默默地坐在那裡。影皮的守候也安慰了蛾翅。泥毛的呼吸愈來愈慢。蛾翅黎明時餵了他最後一次的罌粟籽，但現在的他再也無法吞嚥，只剩時間早晚問題而已。

稍晚，影族巫醫貓鼻涕蟲鑽進蘆葦叢，進到巫醫窩的空地上，煤皮和葉掌尾隨在後。

「火星來了，」葉掌告訴蛾翅。「他也把我們的長老霜毛和斑尾帶來了。他們想在河族離開的時候，留下來照顧泥毛。」

蛾翅搖搖頭。「沒有必要。誰都幫不上忙了。」她低頭看著泥毛動也不動的身軀，肩膀一沉。「至少他不痛了，這是我能為他做到的。」

鼻涕蟲上前一步，鼻口抵住泥毛的肩膀。「我的朋友，跟著星族去吧。我們會照顧你的族貓。」煤皮和葉掌也把鼻子埋進泥毛的毛髮裡，閉上眼睛。

泥毛最後渾身顫抖地倒抽口氣，就再也不動了。其他貓兒紛紛退後，臉上充滿悲傷。蛾翅伸出腳掌，輕輕闔上泥毛金色的眼睛。「他現在去了星族，」她悲傷地宣布，暗地希望這是真的。他相信他死後會去到星族。

星族這念頭的出現又害蛾翅陷入恐慌，她倒抽口氣。如果她連星族存不存在都無法確定，要如何照顧這個部族呢？

蛾翅自信能照顧得了河族貓生理上的健康，但泥毛一直是河族跟星族的聯繫管道。現在這個部族將轉而倚賴蛾翅去詮釋星族的想法。如今少了她那位充滿智慧的導師，她怎麼可能辦到……她這輩子都辦不到的。「沒有他，我該怎麼辦？」她問道，那聲音聽在自己的耳裡既粗啞又慌亂。

煤皮蹭蹭她。「妳不會有事的，妳有的是時間難過，但不是現在。」

蛾翅環目四顧，看著這些巫醫貓，他們的眼神悲傷卻冷靜，這帶給她很大的慰藉……他們相信泥毛去了星族……於是她深吸一口氣，往後退，到外面告知河族貓泥毛已經走了。

貓兒們難過地哭號，一個接一個魚貫穿過通道去向泥毛做最後一次的致敬。蛾翅已經難過到沒有感覺。她看得到眼前正在進行的儀式，但又覺得自己好像離這一切好遠好遠。冰冷的雨水滴穿她的毛髮，蛾翅抬眼瞪看灰濛濛的晨空。星族就在天空的某處嗎？

泥毛也在祂們其中嗎？

蛾翅無法叫自己相信泥毛的靈體已經遠行到某處。他死了。不管他最後留下的是什麼，都正躺在巫醫窩的空地上。長老們會好好看守泥毛所留下的一切。

鷹霜在暴毛的陪同下來到蛾翅身邊。蛾翅已經很久沒見到鷹霜如此溫柔的眼神。他用鼻口抵住她的頭顱，默默支持她。蛾翅閉上眼睛，臉蹭著他的毛髮，吸進鷹霜身上熟悉的氣味。**我只剩下他了**，她心想。

葉掌走過來跟她說話，但蛾翅幾乎聽不到她朋友在說什麼。等她抬起頭來時，才發現葉掌和煤皮正在收集窩穴裡剩下的藥草，確保該帶的藥草都會帶走。「我來。」蛾翅虛弱地提議道。「我想幫忙。」

儘管沉溺在憂傷裡，但每隻貓兒終究得各自為眼前的長途旅行做好準備工作……清理窩穴，打包獵物。她也得著手準備。但煤皮和葉掌回頭迎視她，眼裡盡是不捨。「妳已經做了很多。」煤皮喵聲道。「讓我們來幫忙吧。」

過了良久，蛾翅才感激地點點頭。她這時才明白她錯了。她不是只剩下鷹霜而已，雖然沒有誰能取代泥毛，但她可以求助這些巫醫貓……他們雖然來自不同部族，但都是治療者。這才是最重要的。她鬆了口氣，突然覺得身上的重擔輕了一點。

沒多久，大家都齊聚在曾是河族營地的空地中央，豹星在這裡向大家發表談話。她說大肚和影皮以及雷族的長老們都決定留下來，不跟他們一起跋涉去找未知的領地。他們會在這裡為泥毛守靈，至於河族也會跟著大家一起離開。

至少他不會孤單了，蛾翅心想。她的目光從她哥哥身上掃向其他巫醫貓，默默地對自己說，**我也不會孤單了。**

「我們準備好了嗎？」豹星問部族。蛾翅睜開眼睛，站了起來。她四周的河族貓全都準備好了，他們揚高尾巴，眼神堅定，隨時準備出發。她看見他們當中有很多曾被泥毛治癒的貓兒。但泥毛已經走了，他們會需要蛾翅在未來旅途和新家裡照料他們的傷病。**從現在起，我將為河族負起責任。**

「豹星，我有為大家準備了旅行藥草。」她說道，聲音平靜，隨即朝巫醫窩轉身。

鷹霜始終守著蛾翅，當他們最後一次離開河族營地時，也一路走在她身邊。雷族和影族已經在森林邊緣等候他們，風族會在荒原那裡與他們會合，然後就徹底離開這片部族的領地。

就剩下這些了，蛾翅心想，同時放眼眺望曾經是雷族營地的地方。兩腳獸的巨形黃色怪獸已在地上挖出很深的溝渠，還屠殺了許多樹木，留下滿目瘡痍的光裸地表。就在她視線以外的地方，她知道連四喬木也難逃厄運，巨岩也被悉數鏟平。

她的毛髮刷拂過鷹霜，瞥了他一眼，發現他正回頭望著河族營地，臉上有種不捨的表情。這曾是他們第一個安身立命的地方。他們在這裡被部族接納，學會脫去惡棍貓的習氣。讓他們懂得信賴其他貓，不再只靠自己單打獨鬥。**無論我們去到哪裡，我永遠不會忘了這個曾經的家園，**她向自己承諾道。

當他們穿行僅餘的林子時，她瞄到林間有褐色身影閃現。過了一會兒，莎夏鑽出林子，擋在路上，尾巴抬得高高的。自從泥毛死後，蛾翅的心首度有了雀躍的感覺。**我們怎能不道而別**，她恍然大悟。她連忙衝向莎夏，在她腿邊搓揉，像隻小貓一樣翻肚在地。鷹霜動作沒她那麼急，只是緩緩跟上去，他看著莎夏，耳朵微微抽動。

「我很高興見到妳，」他小聲說道。「河族要離開了。我不知道我們以後是否還能再見面。」

莎夏的眼神驚慌。「別跟他們去。」她哀求道。

蛾翅愣了一下，然後爬了起來，凝視她母親的眼睛。「可是這是我們的部族，」她爭辯道。「是妳把我們送來，要我們當戰士的。」

莎夏搖搖頭。「我送你們來，是讓你們有安全的落腳處，」她反駁道。「現在不安全了。我親眼看到這裡發生的事情。跟我回去，我們就能再團聚了。」

蛾翅很是心疼。她不想失去莎夏……但是她屬於河族。

鷹霜往後退，「我現在是河族貓了，」他喵聲道。「有一天我會當上族長。」

莎夏原本明亮的眼神黯了下來。「不會，」她堅稱道。「你不會。」她從他身邊輕刷而過，朝旁觀的貓群緩步走去。鷹霜和蛾翅跟在後面。蛾翅不安到肚子開始翻攪。影族貓和雷族貓的眼裡盡是敵意，有幾隻甚至在莎夏趨近時發出低吼。但豹星點頭招呼。「我沒想到我們還會再見面。」她喵聲道。

「我也沒想到。」莎夏冷靜回答。「我是來要求鷹霜和蛾翅離開河族，跟我回去。」豹星全身炸毛，但莎夏繼續說道：「我已經看到兩腳獸對你們的家園做了什麼。他們跟著你們，沒有安全可言。」

蛾翅的心跳得飛快。豹星不會就讓他們這樣走了吧？倒是她的巫醫同僚葉掌從貓群裡擠出來，走向蛾翅，目光憤慨。「妳不會真的要走吧？」她問道。

蛾翅眨眨眼睛。莎夏轉身面對她。她看得到她母親眼裡的痛苦。「我……我不知道。」蛾翅喵聲道。

「妳的部族需要妳，」葉掌斷聲道。她轉向鷹霜。「你不會就這樣棄你的族貓而去吧？」

鷹霜瞇起眼睛。他不喜歡被一隻雷族貓質問。但他還沒回答，火星就打斷葉掌的憤憤不平，開口說道：「這得他們自己選擇。但我同意他們應該留下來。」

莎夏貼平耳朵，蛾翅知道他要說什麼。「你要他們留下來？」她吼道。「哪怕虎星就是他們的生父？」

貓群短暫陷入沉默。河族貓都瞪著蛾翅和鷹霜看，眼睛睜得斗大。當下蛾翅的耳裡只聽到雨水持續的滴答聲。她準備好了。貓兒們會把他們撕成碎片嗎？還是把他們趕出部族？

火星用冷靜的聲音回答。「我希望他們留下來，就是因為虎星是他們的生父。」他喵聲道。蛾翅訝異到全身微微刺癢。在她旁邊的鷹霜懷疑地縮張著腳下的長爪。「虎星曾是偉大的戰士，」雷族族長繼續說道。「這幾隻貓已經證明了他們承繼到他的膽識。」

他看著棘爪，蛾翅這才恍然大悟地想起這位被大家公認是火星下一任副族長的雷族戰士，一樣也是虎星的孩子。而褐皮是虎星的女兒，她也是一位備受尊崇的影族戰士。**當然，他們都在部族裡出生**，她心想，**他們的母親是雷族貓，但她和鷹霜出身不一樣。**

「他們的部族比起以往更需要他們，」火星繼續說道。「虎星的孩子已經多次證明了他們在部族裡的重要性。」

棘爪瞪大眼睛。蛾翅知道火星不是在講她和鷹霜，不算是。但她心裡仍然興起一絲暖意，懷抱起希望……也許他們的出身並不會影響各部族對他們的看法。她抬眼看著她的族貓，希望看到他們的認同。

豹星盯著她。「河族需要所有戰士，」她喵聲道。「當然也需要我們的巫醫貓。」

「可是他們是虎星的孩子。」曙花嘶聲道。她的淺灰色尾巴驚恐地炸了開來。蛾翅抬高下巴，瞪看著這隻母貓。**我給過妳貓薄荷，幫妳治過咳嗽**，她心想，**小鯉魚腳掌上的割傷被感染時，還是我治好的。**

「鷹霜是我們族裡最厲害的戰士之一，」暴毛反擊，背上的毛炸了開來。他看著其他河族貓。「你們以前難道有懷疑過他的忠誠嗎？」

「從來沒有。」霧足語氣堅定地回答，其他戰士也點頭附和。

「你們會留下來嗎？」豹星問道，同時看著蛾翅和鷹霜。

「當然會。」鷹霜告訴她，甚至連看都沒看莎夏一眼。

蛾翅也照做。她垂著尾巴，毛髮被雨水黏在身上。莎夏難過地看著她，徹底孤立無援。「我也必須留在部族裡，」蛾翅解釋道。「我現在是他們的巫醫貓，他們需要我。」她神情哀求地看著她母親。**請體諒我，也請原諒我。**

莎夏點點頭，然後抬高尾巴。「很好。」她回答。「火星說得沒錯。我在你們兩個身上看到你們父親的影子。」曙花低吼，莎夏眼神凌厲地瞪她一眼。「虎星從來不知道這兩個孩子的存在，」她繼續說道，「但是他也會為他們感到驕傲的。」她環顧其他河族貓。「你們何其有幸才能擁有他們。」她轉過身去，走向蛾翅和鷹霜。

蛾翅全身繃緊。莎夏打算就這樣默默離開嗎？還是她會給他們最後幾句母親才能給的智慧建言？莎夏的藍色眼睛冷靜迎視她，但身子只是輕輕刷過他們，先是蛾翅，然後是鷹霜。

「希望你們旅途順利平安。」她告訴他們，隨即踱步走進林子。

蛾翅目送著她，她的嘴巴發乾，心情沉重。**我再也見不到她了，**她心想，**我們根本不知道以後要去哪裡。**

「我們走吧，」火星輕聲說道，部族貓再度前進。蛾翅抬眼看著鷹霜，但他只是直視前方，瞇起眼睛。

「我們做的是正確的選擇，對吧？」她問道。

他點點頭。「河族是我們的家。」

鷹霜說得沒錯。但蛾翅渾身發抖，看著眼前那片往前延展的大地。他們是河族的一分子，她必須相信他們一定能找到未來的家園。

第五章

青苔臥鋪裡的蛾翅將身子蜷得比平常還要緊，還把鼻子塞進腳掌間，耳裡聽著附近的河水聲，靠它撫平她那顆受傷的心。終於抵達旅程終點，來到新領地，正式升格為長老的沉步，昨天死了。我真希望我能救活他。

蛾翅知道怎麼治療他。綠咳症是每位巫醫貓的夢魘，因為它擴散的速度快到就像河水淹漫河岸，而且往往致命。要是她有及時給沉步貓薄荷，沉步就不會死了。她曾在湖邊四周的領地搜找貓薄荷，也請豹星派出巡邏隊去找，但都沒能找到。沉步因此受害喪命。

但至少她已經阻止綠咳症在河族蔓延。一開始沉步輕微的白咳症突然惡化成綠咳症時，她就趕緊將他隔離在長老窩裡。還好其他貓兒沒被感染到。

但這並無法彌補她失去病患的那股傷痛。

蛾翅的新見習生柳掌在巫醫窩入口腳步遲疑，「我應該……」她愈說愈小聲。

蛾翅坐了起來，朝嬌小的灰貓抽動耳朵，試圖讓自己看起來沒有大礙。柳掌才剛開始接觸巫醫這一行。蛾翅必須負責指導她，無論她現在的心情如何。「我要妳去幫忙找些蜘蛛絲回來。」她告訴年輕貓兒，並盡量表現出愉快的語調。「要是巫醫窩裡有先備一些，貓兒若是受傷，就能隨時取用。也許妳不用離營……搞不好戰士窩後面的蘆葦叢就可以找到蜘蛛絲。」

「好的。」柳掌回答。

「這件事做完之後，我再教妳一些藥草的知識。」蛾翅告訴她，見習生熱切地點點頭。

「好的，拜託妳了。」柳掌喵聲道，然後走出窩外，但又馬上折回來。「那不是妳的錯，」她小聲說道。「我知道妳很努力地想把沉步救回來。」

蛾翅嚇了一跳，她遲疑了一下，才向柳掌垂頭致謝。「謝謝妳。」她告訴她。**不過我還是覺得是我的錯**，她在柳掌鑽出巫醫窩時，這樣默默地對自己說。

其實柳掌本身也是蛾翅的另一個掛慮。體型嬌小的灰色見習生對學醫很有熱情，想靠行醫來幫助自己的族貓，所以很積極地學習藥草知識以及各種可用來治療傷病的醫術，蛾翅也有信心她能在這方面將柳掌訓練得很好。

可是巫醫貓的工作裡頭還有另一部分，而這部分是蛾翅所欠缺的。

我無法相信星族的存在，我就是沒辦法。

她試過了。蛾翅從沒在夢裡見過星族，也從來沒看過異象。可是這不表示星族不存在。鷹霜靠欺騙的手法讓部族接納蛾翅擔任巫醫貓，也許星族因為這樣而不願與她有所感應。

其他巫醫貓都相信星族的存在。他們看過異象，也可以在夢裡跟已逝的族貓對話，還會在四周環境裡看出徵兆。蛾翅並不懷疑他們話裡的真實性，畢竟他們口中說出來的每一句話都出自肺腑。但那不是真的，不可能是真的。她心想他們夢到的夢，一定只是腦袋無意識地撿拾到一些平常不曾留意的小事，再跟他們不曾考慮到的方方面面做出連結，然後利用他們對那些已逝貓兒的記憶來自我詮釋這些事情。

蛾翅做不到。所以如果她沒辦法教柳掌如何感應星族，她的見習生也永遠當不了貨真價實的巫醫貓。

蛾翅嘆口氣，尾巴垂了下來。在很多方面，她都是優秀的巫醫貓……她知道她是。只是最近她老覺得自己很失敗。

巫醫窩外面的草地和刺藤突然窸窣作響。她抬頭一看，發現鷹霜正鑽進窩裡。

「可惡，」他甩動身子。「我毛上都是刺。」

「你個子太大了，不好進來。」蛾翅喵聲道，覷著他看。鷹霜似乎一天比一天還要魁梧，滿身肌肉。他現在已經成了河族最厲害的戰士。但此刻他的目光嚴肅到不像只是順道來看她而已。「你需要什麼嗎？」她問道。

「我想跟妳談一下。」鷹霜告訴她。「我要妳以河族的巫醫貓身分跟我談，而不是我妹妹。」

蛾翅又在打量他。他的毛髮濃密，像平常一樣閃閃發亮，只是他的眼神很疲累，胸前有一道很長的傷口。「你還好嗎？那道傷口需要治療嗎？」

「我沒事，」鷹霜很快地舔舔傷口。「這沒什麼，只是刮到而已。」

「看起來像是爪子抓的。」蛾翅擔憂地喵聲道。如果鷹霜有於別的貓兒格鬥，她理當會知道。

「也許是戰技練習時弄傷的，」鷹霜心不在焉地回答。他壓低音量。「我擔心的是河族，不是我自己。」

「怎麼了？」最近獵物充足，與影族的邊界紛爭衝突也很少。「兩腳獸又入侵我們的領地？」現在是綠葉季了，兩腳獸會不時騎著牠們那奇怪的水上怪獸橫過湖面。但牠們幾乎不會進到河族營地外面那片長滿蘆葦的湖岸。

「不是兩腳獸的問題，」鷹霜把尾巴緊緊塞在身子四周。「我不喜歡暴毛和溪兒住在這裡。」

「暴毛和溪兒？」蛾翅問道，一頭霧水。暗灰色公貓曾在他們的旅途中脫隊河族，加入山裡的急水部落，但最近他和他的部落伴侶貓溪兒又回到河族，但並未做太多解釋。「他們很適應，不是嗎？他們會狩獵也會巡邏，而且做得不錯啊，大家好像也很喜歡他們。」

「大家太喜歡他們了。」鷹霜吼道。「我不信任他們。」

「暴毛是去過日落之地的其中一隻貓，還找到了路讓我們有了新領地。」蛾翅反駁道。她不安到頸背上的毛微微刺癢。鷹霜在不爽什麼？「他向來忠於河族。」

「他沒有。」鷹霜跳了起來。「他曾離開河族。他是叛徒！」

叛徒？蛾翅不太相信。暴毛是曾離開河族，但那是因為他戀愛了。她不認為他是叛徒。所有河族貓都很想念他。

「還有溪兒！她根本不是我們的一分子，可是河族怎麼就讓她加入了？」

「他們也讓我們加入啊！」蛾翅提醒他。

鷹霜怒瞪她。「那不一樣。河族是先讓我們當見習生。我們當時是很努力才得到大家的接納。我們是一次又一次地證明自己。可是溪兒只是走進河族，就自以為是戰士了。她根本不會格鬥。」他氣到肩上的毛都炸了開來。

「可是在部落裡，她本就是狩獵貓，從來不用格鬥。」蛾翅回嗆，希望她哥哥可以講點道理。「更何況這很重要嗎？只要豹星願意讓他們留下來就行了，不是嗎？」

「我不懂她為什麼要讓他們留下來。」鷹霜開始踱步，尾巴前後甩打。「我不高興。」

「你管這麼多幹嘛？」蛾翅不解地問道。「就算他們還是忠於急水部落，對河族也沒有威脅啊，我們還多了貓幫忙狩獵。」

鷹霜停下腳步，瞪看著她，冰藍色眼睛瞇了起來。「豹星是目前年紀最長的族長，」他喵聲道。「再過不久，霧足就會當上河族族長。」

「豹星健康的很，」蛾翅很有戒心地說道。她不願去想豹星快要老死的事實，哪怕她很清楚這位族長已經垂垂老矣。

「我想當河族下一任副族長。」鷹霜冷冷地告訴她。「我絕對夠格。我是族裡最強悍的戰士，我向來忠心耿耿。」

「你已經是副族長的候選者了，」蛾翅附和道，「有一次霧足失蹤，豹星不是就讓你暫代副族長嗎？」

「是啊，可是霧足偏愛暴毛！」鷹霜嘶聲道。「我不知道她將來會選誰。」

蛾翅歪著頭，正在思索。「你真的認為她會選暴毛？但有件事你說得沒錯……他的確離開過部族。」

鷹霜抽動著耳朵。「也許她現在不會選他，但是過了幾個月後呢？大家對他曾離開部族的記憶都淡了呢？虎星以前之所以把霧足和暴毛當囚犯關起來，就是因為他們是半族貓。他本來打算殺了他們！難道你不認為霧足當上族長之後，一定寧願選暴毛，而不是虎星的兒子當她的副手？」

蛾翅眨眨眼睛看著他。「霧足向來都很接納我們。我相信她不會因為虎星過去的作為就抵制你。」

「我不想冒這個險。」鷹霜瞇起眼睛。

「你這話什麼意思？」蛾翅問道。不安的刺癢感愈來愈強。自從他們來到這座湖後，鷹霜就變得愈來愈憤慨和冷漠。他總是想當河族戰士裡頭的佼佼者，現在他似乎開始憎恨任何一隻比他還有優勢的貓。

「我不能冒險讓霧足選中暴毛。」鷹霜解釋道，「可是我什麼也不能做，但妳可以。」

「我可以？」蛾翅回答。「這跟我沒關係吧？」

「妳是巫醫貓，」鷹霜告訴她。「如果妳告訴豹星和霧足，暴毛和溪兒不屬於河族，她們一定會聽妳的。」

「我為什麼要這麼說？」蛾翅眼睛瞪得斗大。「他們在這裡表現得很好。」

鷹霜回頭看了一眼，然後近身過來，近到鼻息溫熱地吐在她面頰上。「你不認為我能當個稱職的副族長嗎？我們絕對夠格領導這個部族。沒有貓兒比我們更重視戰士守則，也沒有貓比我們更瞭解身為部族貓的意義何在。」

蛾翅吞吞口水。鷹霜將來會是稱職的族長嗎？**我不確定**。在他們來到這座湖之前，她覺得他是。但最近他變得很焦躁，眼神陰沉憂慮，她不確定她喜歡他的改變。這種眼神她也曾在她那同父異母的哥哥棘爪的眼裡看到。兩隻公貓比她想像的還要相似。

「我不能直接開口叫豹星趕走暴毛，」她爭辯道，「我不能空口無憑。」

「那就找個理由啊。」鷹霜回答，音量壓得更低了。「告訴她妳看見異象。」他的尾巴緩緩地前後擺盪，彷佛嗅出獵物。

蛾翅倒抽口氣。「不行，」她反駁道。「這種事我不能撒謊。當上巫醫貓的意義就在於我必須值得信賴。」她希望她哥哥能夠體諒。「過去發生的事……我是說你戲弄泥毛，讓他以為看到了有關我的星族徵兆……這害我一直很有罪惡感。我總是在擔心有一天會被其他貓發現我並不適任。有時候一想到萬一被他們發現了，整個部族都會跟我反目，這種時刻擔心受怕的感覺就像被巨大的腳掌狠狠踩住。我不能再撒謊。當巫醫貓是我這輩子最重要的目標。」

鷹霜冷冷地看著她，神情漠然。他以前從來不會用這種眼神看她，突然間蛾翅恍然大悟，她那從未謀面的生父虎星在出現那些可怕作為之前，一定也曾用同樣算計和冷漠的目光看過其他貓兒。「有時候是需要靠一個謊言來保住另一個謊言的不被拆穿。」他輕聲說道。

蛾翅驚詫地往後一彈。「你不會告訴他們吧？」

沉默當頭罩下，鷹霜不置可否她的問題，反而問道：「要是星族賜給你一個夢呢？一個關於暴毛和溪兒的夢？」

他一邊勾勒自己的計畫，一邊伸爪戳進巫醫窩的泥地裡，蛾翅說不出話來。她不發一語地瞪看著他，心臟狂跳。她覺得害怕，而且難過。她的哥哥到底怎麼了？他什麼時候變了？

「你應該很自豪吧？」蛾翅嘟囔道。她憤憤不平地舔著鷹霜肚皮上那道被抓傷的深長傷口。

「噢！」鷹霜叫了出來，身子猛地一縮。「妳本來就應該站在我這邊，別忘了，我們屬於彼此。」

「我是站在你這邊啊。」蛾翅直覺回答，但突然停下治療的動作。她和鷹霜現在真的是盟友嗎？如果他們是，他之前竟還威脅要拆穿她？「我是站在河族這邊。」她修正道。「你去挑釁暴毛攻擊你，這有什麼意義？反正豹星都已經要求他和溪兒離開了，我們失去了兩個好族貓。」

「我們是擺脫了威脅。」鷹霜糾正她。「要是沒有妳，我根本辦不到。當妳告訴大集會上的貓妳夢到有兩顆格格不入的石頭擋住原本平順的水流，河族貓就開始對他們感冒了。要不是我們的族貓已經在提防他們兩個，我跟暴毛打架的這件事，族貓搞不好會選擇站在他那邊。」

「我很愧疚自己謊編了那個夢，」蛾翅嘶聲道。「我真希望我沒有做這件事。」

「這就是妳這次不挺我的原因嗎？」鷹霜問道，他的聲音令她不寒而慄。「有時候夢不過就只是個夢而已。」他尖著嗓子模仿。「妳別忘了妳該對誰忠心。」

「我只對河族忠心，」蛾翅告訴他。「你也應該。」

「沒錯。」鷹霜瞪大驚詫的眼睛低頭看她。「等我當上河族族長，我們會成為最強大的部族，」他喵嗚道。「妳會以巫醫貓的身分陪在我左右。我們有一天會拿下影族。而我們的哥哥棘爪也將成為雷族的族長，他們會征服風族。森林裡所有貓都由我們家族來庇護。」

蛾翅全身打起冷顫。「這樣不對。」她喵聲道。「應該要有四個部族。」占領其他部族……不就是虎星向來想達成的野心嗎？她哥哥……還有她那同父異母的哥哥都在步上他父親的後塵嗎？她相信棘爪一定也知道這個計畫。

「應該嗎？」鷹霜問道，嘴裡仍喵嗚地笑。「誰說的？星族嗎？我還以為妳不相信祂們的存在。」

「不，」蛾翅難過地垂下尾巴。「我希望我能相信。但不管怎麼樣，這是不對的。光有河族還不夠嗎？」

鷹霜抽動耳朵。「只要閉上妳的嘴巴，好好發妳的藥草就行了。」他厲聲道。他低下身子，用鼻口抵住她的。「我會好好照顧妳。妳會看到河族最終有多感恩我們。我們安身立命的這個地方從此將更有保障，不再顛沛流離。」

鷹霜的傷口乾淨了。蛾翅本能地伸掌去拿金盞花，以防傷口感染。但有誰去治療受傷的暴毛呢？她突然覺得筋疲力竭，她所承受的這些祕密和謊言壓得她喘不過氣來，就像深陷進溪邊的泥漿裡。罪惡感令她的嘴巴感到酸苦。

也許真的如鷹霜所說，河族在他的領導下會更有保障。但她為什麼仍覺得惶惶不安。

第六章

「好可怕，但是也好美！」柳掌語氣誇張地說道，這時的她正和蛾翅肩併肩地爬上那條離開月池山谷的小路。蛾翅慈愛地低頭瞥了她的見習生一眼，後者的綠色眼睛難掩亢奮。

「妳做得很好，」她喵聲道。「正式當上巫醫見習生的感覺如何？」蛾翅第一次向星族介紹柳掌，她本來還在擔心她的祕密可能曝光。如果她自己都沒辦法夢見星族，又如何引導她的見習生體驗這樣的夢境？

但一切似乎很順利。柳掌夢到了星族，而當然它的前提是蛾翅肯承認柳掌夢到的不是一般普通的夢，不過她本來就不打算掃柳掌的興。還好葉池已經提議蛾翅若在這方面無法引導柳掌，她願意幫忙。畢竟蛾翅就是不會詮釋那些被其他巫醫貓認定是星族降下的夢境和徵兆。

蛾翅眺望前方，依稀可以看到正在前方帶路的葉池輪廓，全身忍不住微微刺癢。她已經把真相告訴了葉池，這樣做是對的嗎？她向她坦白了一切，從鷹霜自行設計的假徵兆到鷹霜是如何求她撒謊讓整個河族都抵制暴毛，以及每次一想到這些事，她就驚恐到整顆心在翻攪。她本以為葉池可能會向其他部族貓揭發她，煽動河族將她和鷹霜驅離。

但葉池心腸向來很好。蛾翅願意相信她。

不過蛾翅還是很緊張。如果連她自己的手足鷹霜都能跟她反目，利用她的祕密來要脅她，別的貓更有可能啊。

她們抵達小路盡頭，蛾翅深吸一口氣，讓沁涼的冷空氣撫慰和冷靜自己的心情，這時一個念頭突然出現：再也回不到從前了。

葉池曾跟她直言，鷹霜不會敢告訴其他貓那片蛾翅是他的設計。要是他的欺瞞方式被大家知道了，就不會有族長敢任命他為副族長。他跟蛾翅一樣不堪一擊。但這個說法並不如當初以為的能帶給她任何寬慰。她要的其實是兄妹倆都能平安無事。

山谷突然被陰影籠罩，蛾翅抬眼看見一片雲掠過月亮。**適任的巫醫貓會從這片陰影裡解讀出訊息**，她心想，這時一陣冷風吹來，穿透毛髮，她全身打顫。

她快速擺動尾巴向葉池道別，也向吠臉和小雲道別，他們已經各自朝自己的領地快步離去。蛾翅將注意力移回她的見習生身上，這時半個月亮已經從雲層後方又露了出來，她們朝河族營地前進。

「我剛不能在其他貓兒面前告訴你我做的夢，因為葉池說我們不能跟其他巫醫貓說夢境內容，除非他們的部族也牽扯其中。」柳掌慎重地說道，綠色眼睛在月光下閃閃發亮。

「妳夢到什麼？」蛾翅問道。不管柳掌和葉池相信什麼，那終究只是個夢，不過就連她也承認星族給他們的夢通常都帶有一些他們清醒時不曾看清的真相。也許柳掌在夢裡看到了什麼她不知道自己曾經留意到的真相。

「我在月池邊，就是我清醒時所在的那個位置。」柳掌解釋道。「可是那裡只有我和葉池還有以前是雷族的那隻星族貓，祂叫斑葉。妳和吠臉還有小雲都不在。我看著月池，一開始只映照著星光，但後來有烏雲聚在池水裡，然後一陣很強的冷風吹了過來，差點把我吹走。」柳掌渾身發抖，瘦弱的肩膀弓了起來，像在抵禦記憶裡的冷風，然後又抬頭看看蛾翅。「妳認為這代表什麼？」

我想這只代表妳在憂心某件事。可是這不是巫醫貓應該對她的見習生說出來的話。「呃……」她緩緩開口，尾巴劃過柳掌的背。「妳覺得這代表什麼？」

「也許有麻煩即將到來？」柳掌猶豫了一下，最後說了出來。「因為只有葉池和我看到，所以這麻煩事只會出現在雷族和河族？而不是所有部族？」

「可能吧，」蛾翅回答。她們並肩繞行湖邊，朝河族領地前進，途中，蛾翅老是想起鷹霜。她把真相告訴葉池之後的感覺好多了，但這無助於解決她哥哥的問題。**他變了。他現在只想要權力，不再只是一個忠貞的戰士。**這種對權力的飢渴對部族而言不是件好事，這一點她很確定。河族要強大，必須靠貓兒們為部族無私地合作，而不是只為自己。

鷹霜以前很清楚這一點。所以究竟是什麼改變了他？他以後又會做出什麼呢？

當她們抵達河族營地邊緣的那條溪流時，月光又熄滅了，更大片的雲擋住了月亮。黑影籠罩整座河族營地，瞬間陷入黑暗。

蛾翅的毛髮刷過柳掌，她感覺得到她在發抖。

「妳覺得這是個徵兆嗎？」柳掌問道。

「我不知道，」蛾翅緩緩回答，**我不用靠徵兆也知道快要有麻煩了。**

第二天，蛾翅在教柳掌各種藥草的用途。「這是什麼？」她問道，同時把一片很香的葉子放在見習生的鼻子底下。她很喜歡教柳掌，樂於把泥毛曾傳授給她的各種醫術傳承下去。**我沒辦法教會她巫醫貓所必需知道的一切，但我會把我所知道的都教會她。**

柳掌嗅聞一下。「琉璃苣。」她試探性地回答。

「很好，」蛾翅稱許道。「那用途是什麼？」

「我們會給有新生兒的貓媽媽吃，讓她們有充足的奶水。」柳掌回答，這次比較有自信了。

「還有呢？」

「嗯……」柳掌又去嗅聞那些葉子，努力思索。「可以幫忙降低體溫。」她終於說道。

「太棒了。」蛾翅喵聲道。「好，那其他……」她的聲音被騷動聲打斷，那聲響來自於巫醫窩外那條刺藤通道。

「快點！」田鼠齒被蜜蜂螫到了！」黑爪扶著體型嬌小的棕色公貓走進窩穴裡。田鼠齒顯然被叮得很慘，他臉上有好幾處地方都腫了，其中一隻眼睛還腫到睜不開。公貓低聲嗚咽。

「別擔心，田鼠齒，我們會處理好的。」蛾翅向他保證道。她慢慢地舔著他臉上刺痛的地方，希望能稍微緩解，然後看著柳光。「我們需要做什麼呢？」她問道，順便測試見習生的記憶力。

「什麼？」見習生愣了一下，然後語氣遲疑地回答：「黑莓葉嗎？沒錯，是黑莓葉！我們可以做成藥泥，它能幫忙消腫和止痛。」

「很好。」蛾翅告訴她，然後又回去繼續舔田鼠齒臉上的刺痛點。

田鼠齒苦著臉。「我一定是得罪了星族，」他呻吟道，表情難過地看著蛾翅。「不然怎麼會有這麼多蜜蜂追在我後面？」

「我相信一定有什麼合理的解釋……」蛾翅開口道，但田鼠齒打斷她，語氣絕望。「可不可以拜託妳跟祂們說，無論我是做了什麼才罪有應得，我都覺得很抱歉。」

蛾翅迎視他的目光。「你是因為很痛才這樣講，別傻了。不過不管怎麼樣，你還是可以自己跟祂們說啊，就像你抓到獵物後跟星族致謝一樣。」

田鼠齒低吼。「我知道啊，可是如果有一隻可以跟星族溝通的貓幫我講幾句好話，我會比較好過一點啊。拜託好不好？」

蛾翅突然覺得自己又變回那個處境尷尬、什麼都沒把握的見習生。她不想答應這隻傷貓去做自己實際做不到的事情。但她又不想直接拒絕他……活像認定他的要求很蠢似的。

「我……我……」她語氣不確定。她抬眼發現柳掌睜大眼睛瞪著她看。她看到了她眼裡的了然。**她猜到了**，蛾翅心想，**她知道我無法跟星族對話**。

又過了好一會兒，蛾翅擔心柳掌恐怕會大聲說出她的祕密。但沒有，年輕見習生趕忙趨近田鼠齒，幫忙舔他刺痛的地方，然後低聲說：「我相信星族沒有在氣你。不過我會轉告他們你剛說的話。別擔心，一切都會好轉的。」她又瞥了蛾翅一眼，後者只能感激點頭。

「快點！」蛾翅催促道，急著轉移星族的話題。「去弄那些葉子吧！」

柳掌聞言照做，趕緊去找庫存的黑莓葉。

「完了！」過了一會兒，她大叫，聲音帶著些許慌張。「蛾翅，我們的黑莓葉快用完了。」

蛾翅記得馬場邊緣有長黑莓葉。「我去摘一些回來。」她喵聲道。「黑爪，要跟我去嗎？」這隻公貓可以幫忙她扛葉子回來，還能在馬場那裡嚇阻那些離他們太近的貓兒。黑爪點點頭，然後先幫忙把田鼠齒安頓在巫醫窩的其中一床臥鋪裡。

柳掌瞪大眼睛。她的目光從蛾翅身上移到田鼠齒身上，後者的嗚咽聲愈來愈大。「換我去好了。」她喵聲道，顯然很不願意被留下單獨照顧這隻傷貓。

「不用，」蛾翅蹭蹭柳掌，要她放心。「我自己很清楚哪裡可以找到黑莓葉。妳來照顧田鼠齒。」

神情仍然緊張的柳掌只好垂頭答應，於是走到田鼠齒那裡，用腳掌輕輕撐住他的頭。「我們很快就能讓你舒服一點。」她低聲道，然後開始舔他刺痛的地方。

她沒問題的，蛾翅心想。柳掌天生就是巫醫貓的料，直覺向來敏銳，知自己什麼時候該補強蛾翅的欠缺之處。而且她心腸很好，願意守住祕密。她現在缺的只是自信而已。所以讓她單獨照顧田鼠齒反而對她有幫助。**也許我也可以讓她幫忙塗抹藥泥。**

「我們走吧。」她快步朝營地入口走去，黑爪跟在後面，她心裡同時一邊盤算他們能扛回多少黑莓葉。身邊若能多存放點黑莓葉，自然是好事……因為現在是綠葉季，湖邊有很多嗡嗡叫的蜜蜂。

鷹霜正坐在戰士窩外的灌木圍籬前方，他的目光若有所思地越過營地裡的貓兒們……育兒室外正在玩耍的小貓，分食獵物的戰士、空地邊緣閒聊的見習生。自從蛾翅告訴他，她再也不會幫他撒謊之後，他們就幾乎不再交談。

她經過他的時候，有慢下腳步，但只是很快地點頭招呼一下。鷹霜看著她，冰藍色眼睛顯得提防。以前她總能猜出他心裡在想什麼。

我再也不知道鷹霜的腦袋在想什麼了……這個念頭嚇壞了她，她全身發抖。不過晚點再擔心這件事也不遲。她把鷹霜那莫測高深的表情先暫時拋在腦後，快步離去找她需要的黑莓葉。她還有工作得做。

第七章

「不用擔心，」一個月後，蛾翅告訴燕雀尾。「這個傷口正在痊癒，但如果你用力過度，還是會有點刺痛。」

「好吧，但我不會因為我的腿有點痛，就讓那條魚逃走。」燕雀尾喵嗚道。「謝謝妳，蛾翅，我本來擔心我的傷口惡化了。」

蛾翅還沒來得及回答，就聽見有隻貓匆匆鑽進通道，進到巫醫窩裡，蛾翅聞到柳掌的氣味。「怎麼了？」見習生一出現，她便開口問道，心裡同時想著她們需要先備好哪些藥草，以防有傷勢過重的貓兒。

但她看到柳掌的臉，就沒再說下去。柳掌看起來嚇壞了，更可怕的是，她看上去是在為蛾翅感到難過。蛾翅瞪著見習生看，心跳得厲害。她的嘴巴發乾，無法言語。

「蛾翅！」體型嬌小的灰色見習生試探地喚她。蛾翅突然移動身子，從柳掌旁邊擠過去，衝進營地。一定出了什麼事。

她第一個看到的是葉池，她一見到她的朋友就稍微鬆了口氣。也許事情不像她想得那麼糟。葉池清澈的琥珀色目光嚴肅，但看起來還算冷靜。接著蛾翅看到雷族族長火星正在跟豹星說話。在他們中間，有兩名戰士合力扛著一隻癱軟掉的貓，那隻貓體型很大，暗棕色的虎斑毛髮就披在那兩名戰士的背上。

蛾翅愣住，突然嚇得倒抽一口氣。**是鷹霜！**

她哥哥死了。

她身上的每根毛髮都豎了起來。她走上前去，一步步慢慢走，朝她哥哥的屍體趨近。松鼠飛和棘爪將鷹霜放在地上，然後往後退，出於禮貌地騰出空間給她。

他沒有呼吸了，蛾翅試探地伸出腳掌，結果發現他全身冰冷。他的胸毛全沾黏著濃稠的血。喉嚨有個很深的圓形傷口。

她轉身面對雷族貓，發現她的族貓也都瞪著他們看，毛都炸了開來，神情驚駭，懷著敵意。葉池和松鼠飛看上去沒有受傷，但全身發抖。而火星的脖子被嚴重抓傷，棘爪的喉嚨和腰腹也有爪痕。

「出了什麼事？」蛾翅最後問道，語氣空泛。她心裡的懷疑慢慢湧現。棘爪和鷹霜已經計劃未來要一起統治這些領地。是他們的計畫失敗了嗎？還是棘爪決定與其互相合作，倒不如先移除對手，獨享權力？

她瞪著棘爪看，虎斑公貓的肩膀垮了下去，目光略過她，眼神暗沉驚恐。**不對**，蛾翅在心裡想道。不管事情經過是什麼，這隻雷族公貓看起來都不像是洋洋得意的獲勝者。

「我想我們都想知道發生了什麼事。」豹星怒吼，她那條帶斑尾巴左右甩打。「為什麼雷族貓把河族貓的屍體扛回來，他是我們河族最厲害的戰士之一。火星，我們需要一個解釋。」

火星神情嚴肅地眨眨眼睛。「鷹霜是被狐狸陷阱殺害的。」他開口道。「這是個可怕的意外，我很遺憾。」他瞥了在場的河族貓群一眼，後者的眼神混合著敵意和傷痛。

「我知道有很多貓……包括河族內外的貓……都會哀悼他。」

蛾翅不禁生疑，她伸出爪子，戳進空地的泥地裡。鷹霜死了。河族恐怕會群起攻擊這幾隻將屍體運送回來的雷族貓。蛾翅全身發抖，悲憤不已。

可是豹星只是神情嚴肅地垂頭致意。「他是偉大的戰士，也是忠貞的河族貓，」她喵聲道。「謝謝你們送鷹霜回家，但我希望你們立刻離開，我們才好幫他守靈。」

「當然，」火星看了他的族貓一眼。松鼠飛和棘爪立刻呼應他，朝營地入口走去。但葉池留在原地。

「我必須跟蛾翅談一下。」她大聲說道。

豹星驚訝地瞪大眼睛，但還是給了回答：「這得由蛾翅自己決定。」蛾翅朝巫醫窩走去，用尾巴向葉池示意跟上。她的腳沉重地像石塊一樣。她察覺到柳掌也快步跟在後面。

等她們都無恙地進到巫醫窩裡，她朝葉池轉身。「什麼事？」她再度低吼。雷族貓有點猶豫，蛾翅不懈追問。「葉池，拜託不要騙我。我哥哥是一隻危險的貓，但我必須知道真相。」

葉池費力地吞了吞口水，然後瞥了柳掌一眼。

「妳可以在柳掌面前放心地說，」蛾翅告訴她。她相信她的見習生。

柳掌神情嚴肅地點點頭。「我絕對不會出賣蛾翅的任何祕密。」她說道。蛾翅知道這話是真的。柳掌已經猜到蛾翅最大的祕密……她無法跟星族對話。但她並沒有洩露出去，反而挺身而出地幫忙蛾翅處理她無法周全做到的事情。

葉池遲疑了一下，最後終於開口，聲音小到幾乎像是低語。「鷹霜試圖殺害火星。」她喵聲道。蛾翅當場愣住，表情驚恐。

「他不會這麼做。」她聲音粗啞地反駁，但在內心深處，她知道：他會。

「他把他引到狐狸陷阱那裡，叫棘爪殺了他，這樣棘爪就能當上雷族族長。」葉池繼續說道。「可是棘爪不願意，反而救了火星。鷹霜就攻擊棘爪，棘爪最後用狐狸陷阱尾端的木棍刺穿了鷹霜的喉嚨。」她看上去很痛苦。「棘爪只是自我防衛，火星也是。」

蛾翅閉緊眼睛。**這是真的**，她知道。她記得鷹霜的聲音，他說有一天他和棘爪會合力領導所有部族。他不想再等了。她只覺得反胃。

葉池的尾巴輕拂過她的背。「蛾翅，我很遺憾。」她接著說。「只有我們幾個知道，但我們絕對不會洩露鷹霜的死因。沒有理由用這種方法再去傷害河族貓的心。」

柳掌挨到她旁邊，毛髮緊貼著蛾翅，要她放心。「他也沒那麼壞。」柳掌輕聲說道。「除了野心之外，河族貓眼裡也有看到他其他好的地方。」

有嗎？蛾翅黯然地想道。她記得她哥哥以前是隻很熱情的小貓，直到蝌蚪的死害徹底擊垮他。還有以前在當見習生的他們被母親遺棄，沒有其他貓兒倚靠的時候，他們是如何相依為命。但鷹霜終究變了。

莎夏離開時，是他決定要留在河族。他曾偽造星族的徵兆，確保蛾翅被選中，當上巫醫貓。他做出各種欺瞞和算計，渴望得到權力。

蛾翅悲嘆一聲，癱倒在地，將臉埋在自己的掌間。稍稍鬆口氣的感覺正在她心裡流竄嗎？現在的她至少不用再擔心鷹霜的作為或者他可能會再強迫她做什麼可怕的事。而且她也知道如今再也沒有貓兒會洩露她的祕密……她不是星族選定的巫醫貓，她甚至沒辦法相信星族的存在。只有葉池和柳掌知道這個祕密，但她們可以信賴。

她終於恍然大悟，她對這兩隻巫醫貓的信任甚至超過對自己哥哥的信任……而後者曾經只屬於她，她也只屬於她哥哥。他曾經是她的唯一……蛾翅開始悲悽地痛哭。葉池和柳掌緊挨著她，試圖安慰。

我曾經很愛他，真的很愛他。無論如何，鷹霜，你終究是我哥哥。我怎麼會再也見不到他了？但其實他們這一路走來，早就遺失了彼此。

自從鷹霜死後，又過了一個月。霧星現在是河族族長了。柳掌已經是蛾翅身邊全職的巫醫貓。部族貓的生活一如既往。但蛾翅心裡一直有個小小的痛點，那是她對他記憶的守望……**我的哥哥**。

只是巫醫貓的工作仍得繼續，現在這成了她倚賴的一切。

「好了，」她告訴暮毛，同時揮開對鷹霜的思念。「我會繼續給小豆莢紫草，只要再多服用幾天。不過他的咳嗽應該馬上就好了。他不會有事的。」

灰白色花斑小貓豎起毛髮。「噁！那些葉子好難聞。」

「可是它們能幫助你強壯起來。」蛾翅用尾巴搓搓小貓的背。「要像戰士一樣勇敢，把它們吃掉喔。」

暮毛喵嗚笑了。「謝謝妳，蛾翅。」

「不客氣，」蛾翅回答。「不過你也聽說了霧星提醒過的事情。凡事小心點，要是有什麼麻煩事出現，切記待在育兒室，你的族貓才能保護你和小貓。」

暮毛不再喵嗚地笑。「妳真的認為會出事嗎？」她問道。「黑暗森林真的要來了嗎？」

「我不知道，」蛾翅告訴她。「但是我們應該做好萬全準備，以防萬一。」

趁暮光和小豆莢離開巫醫窩時，蛾翅和柳光憂心忡忡地互看一眼。

「我一直在製作藥包，」柳光喵聲道，同時朝她腳下那幾個用葉子包起來、整齊疊放的藥草點頭示意。「每一包都有適合療傷的藥量，再加上蜘蛛絲。我們會做好準備的。」

蛾翅嗅聞藥包，聞到金盞花和蕁麻的嗆鼻氣味。「妳的想法很周到，」她告訴她的夥伴，然後突然脫口而出：「妳真的認為黑暗森林會來嗎？」

柳光迎視她的目光，綠色眼睛很是冷靜。「我確定。」

黑暗森林是部族貓認定邪惡的同伴死後會去的地方。這些貓由於曾嚴重破壞戰士守則，因此沒有資格前往星族，最後淪落在黑暗森林裡。蛾翅總以為黑暗森林就像星族一樣只是個傳說。

但是奇怪的事情一再發生。每個部族的巫醫貓……包括柳光在內……都告訴他們的族貓，星族要他們加強邊界的防禦，與其他部族保持距離。就連巫醫貓都已經停止在月池集會的例行公事。之前，蛾翅本來還只是搖搖頭，心想為什麼這些聰穎的貓會讓那些胡說八道的想像控制自己的行動？

但後來有些族貓也開始出現怪異的行為。他們明明前一天晚上走進窩穴睡覺時還毫髮無傷，卻在黎明時渾身是傷地出現在巫醫窩裡。看上去夜裡睡了一場長覺，但還是筋疲力竭。好像有偷溜出去跟合該沒什麼交集的別族貓兒密謀一些有的沒的事情，活像多有交情似的。

雷族的年輕盲眼巫醫貓松鴉羽曾前來拜訪蛾翅，告訴她這些河族貓和其他部族貓正在被黑暗森林裡最邪惡的貓兒訓練，有虎星、暗尾、破星、楓影……這些都是在她出生之前就已經命喪黃泉的貓兒，他們的生前惡名向來令大家聞風喪膽，除此之外，還有鷹霜。

現在在所有巫醫貓的敦促下，各部族正在連手做好準備，以防黑暗森林的入侵。

不可能是真的，蛾翅心想。亡者的意思就是死了，沒了。

可是這不像其他巫醫貓做過的那些夢和看到的徵兆可以讓蛾翅很容易三言兩語地搪塞過去。她所信任的貓兒都曾宣稱自己有看到黑暗森林的貓。年輕戰士甲蟲鬚有天晚上突然從自己的臥鋪裡消失，沒有留下任何蹤跡。陌生貓兒的氣味開始出現在各部族的領地深處。所有部族都在準備迎戰。

不可能是真的，蛾翅又想道。但是她有責任保護她的部族，所以必須慎重其事地做好準備。

她對柳光點點頭。「我去拿些青苔，這樣傷貓才會有水喝。」**先備著也無妨，有備無患啊。**

蛾翅鑽出通道，走到河族營地的空地上。空氣裡瀰漫著緊繃的氛圍，每隻貓兒似乎都在動作。霧星正在大聲下達指令，副族長蘆葦鬚就在旁邊分派貓兒的守衛工作和額外的巡邏任務。灰霧和錦葵鼻已經跟卵石足和草皮擺好架勢要練習戰技。冰翅和鯉尾正在補強長老窩和育兒室的刺藤圍籬，確保不會被輕易闖入。苔皮全身炸毛地在育兒室入口前面踱步。就連斑鼻和撲尾這兩位長老的神情也看起來凌厲和戒慎。

他們少了九名河族戰士，因為他們去幫忙捍衛其他部族了。而來幫忙捍衛河族的影族貓和風族貓正穿梭在蛾翅的族貓當中，他們的氣味乾燥，明顯不同於她所熟悉的河族魚腥味。

「雷族貓在哪裡？」她問斑鼻。帶斑的灰色母貓彈動耳朵。

「遲到了。」她呸口道。「雖然說交換戰士是火星的主意，但誰知道他們到底會不會來？」

腳步聲在營地外面的蘆葦叢間響起。蛾翅歪著耳朵。「也許是他們來了。」她說道。過了一會兒，狐躍衝進空地，紅棕色側腹上下起伏。蟾蜍步和玫瑰瓣緊跟在後，全都瞪大雙眼，眼神驚恐。

「他們來了！」狐躍大吼。「黑暗森林發動攻勢了！」

第八章

「放慢呼吸，」蛾翅勸導道，同時盡量聽而不聞巫醫窩外戰場上的尖嚎嘶吼聲。

苔皮呻吟，緊閉眼睛。蛾翅在她腿部劃開的傷口上敷上蜘蛛絲，同時壓緊幫忙止血。「我必須……去保護小貓。」玳瑁色戰士虛弱地說道。

「他們不會有事的，」蛾翅向她保證，暗地裡希望這是真的。「每隻河族貓都會用自己的生命去保護小貓。」苔皮沒有回答。蛾翅看見她已經失去意識，不過呼吸穩定。蛾翅包紮完她的傷口，拾起另一包藥草，朝營地走出去。

她快步穿過通道，戰場上的廝殺聲震耳欲聾。空地上有太多貓兒正在廝殺，蛾翅很難分清楚誰是誰，看上去就像一大坨怒不可遏的尖牙利爪，毛髮與鮮血四散飛濺。

霧星身上多處傷口的鮮血汩汩流淌胸前，她在跟蛾翅認不出來的一隻長腿暗色虎斑貓扭打……**是黑暗森林的貓嗎？**蛾翅納悶。斑鼻、撲尾、和暮毛一起固守在育兒室的入口前面，與一隻眼神狂野的黑白棕色花斑公貓正面交鋒。柳光在空地盡頭遠處幫鱒掌的腿包紮傷口。雷族的戰士之一玫瑰瓣守在他們前方護衛，抵禦任何想干擾柳光工作的攻擊者。

這些陌生的貓格鬥起來跟戰士一樣，只是攻勢更為凌厲。正當蛾翅觀看的同時，那隻三色公貓突然朝暮毛的脖子砍下去，後者當場跪在地上。**那是戰士的招式**，這些貓真的來自黑暗森林嗎？

如果是，那麼星族在哪裡？

若是其他巫醫貓說的都是真的，為什麼星族不來保護我們？

痛苦的呻吟聲將蛾翅的思緒瞬間拉回。無論是不是邪靈在部族貓的領地上橫行，她都是巫醫貓，必須協助她的族貓。鯉尾躺在戰士窩附近，臉上覆滿鮮血。蛾翅趕忙朝她走過去，一路閃躲那些打得不可開交的貓兒。

「沒事，」她語帶安慰地說道，同時把藥包放在鯉尾身旁。細看之下，戰士的傷勢並不嚴重，前額有一道很長但不深的傷口，血都是從那裡冒出來的。

「蛾翅，」鯉尾嗚咽道。「我必須跟妳說實話，我剛剛不知道自己在做什麼。」

「別擔心，」蛾翅不假思索地說。她清理了鯉尾臉上的血漬，發現還好母貓的眼睛沒有被傷到。

「妳不懂，」鯉尾吼道，同時推開蛾翅的腳掌。「我有在黑暗森林受訓。我洩露了我們的戰術。他們說他們要訓練我，讓我為了我們的部族成為一個更強大的戰士。」

蛾翅瞪著她看，心上一冷。

「他們說他們要殺了我，」鯉尾沙啞地說道。「可是我絕對不會背叛河族。」她琥珀色的眼睛凝視著蛾翅，眼神哀求。

「叛徒！」這聲嚎叫幾乎是在怒吼。蛾翅轉頭看見一隻黑暗森林的灰貓伸爪砍向鯉尾。蛾翅本能地蹲低，身子挪過去保護受傷的貓。但就在那記爪子砍下來之前，錦葵鼻咆哮制止，將對方撞倒在地。蛾翅試圖不理會他們的扭打，趕緊幫鯉尾止血，然後嚼了些金盞花預防感染。

她的心思混亂。黑暗森林的貓都在這裡……他們都是死後仍然存在的亡靈。這表示星族貓也一定存在。可是祂們在哪裡？祂們不在乎嗎？祂們怎能讓事情失控到這種程度？她滿腔怒火。

她處理好鯉尾的傷口，抬起頭來，這時另一隻她認識的貓穿過通道衝了過來。

是鷹霜！蛾翅站起來，瞪著他看，嘴巴發乾，心臟狂跳。

毫無疑問的，對方的確是她哥哥。他看起來肌肉發達，跟好幾個季節前死去的那隻毛色光滑的年輕貓兒完全迴異。眼前的他毛色暗淡、毛髮打結，底下的肋骨歷歷可見。鮮血從他面頰流淌下來，其中一隻眼睛腫到睜不開，另一隻眼睛閃著怒光與恨意，模樣看上去完全不同於生前時候的那種野心勃勃，反而顯得瘋癲。

陌生的鷹霜在空地上站了一會兒，那隻完好的獨眼巡看扭打中的貓群，然後突然一個動作，竟朝育兒室轉身。

暮毛和長老們儘管還在流血，卻仍堅守崗位，朝他怒吼，連手防禦。鷹霜嘶聲吼叫，巨掌橫掃過去，亮出利爪，劃過斑鼻的喉嚨。

鮮血當場噴出，沿著胸口流淌而下，老母貓倒在地上，眼神呆滯，死神降臨。撲尾和暮毛驚恐大叫。

「鷹霜！」蛾翅放聲大喊。

她哥哥頭扭頭過來瞪看她，藍色目光逗留在她身上好一會兒。

「不要，」她哀求道。「求求你。」

鷹霜的表情莫測高深。她記憶中那隻美好、勇敢的小貓還在嗎？過了一會兒，他又轉過身去，朝育兒室上前一步。

「不要！」蛾翅大吼。她一躍而過仍在呻吟的鯉尾，朝他衝過去。

但她突然不解地停下腳步，發現有幾隻貓從河族營地邊緣的燈心草叢裡蜂擁而入。其中有幾隻似曾相識，但有點不太一樣，毛髮上都鑲著星光。

那當中有面色嚴峻的豹星，灰色尾巴毛炸開的曙花。還有田鼠齒、黑爪、沉步，以及其他應該都是蛾翅加入部族之前的河族貓。

在他們的進逼下，鷹霜退了回去。豹星憤怒地往後貼平耳朵，朝他走過去，綴滿星光的戰士們也從兩側跟進。

鷹霜怒聲一吼，卻突然膽怯，轉身逃之夭夭，其他黑暗森林的戰士也跟在後面逃出營地。

蛾翅只覺得整個身子像乾掉的空殼一樣。**我們贏了嗎？**

她的心思紊亂。她一直以為亡者已矣。但今天他們竟都回來了。她曾經敬愛的哥哥鷹霜回來了，只是他帶來了一支軍隊來攻擊生者，試圖摧毀他曾經極力保護的部族。

她四周的族貓都往前移動，想跟星族的老友打招呼。霧星奔上前去，儘管身上帶傷，仍開心地喵嗚，鼻口蹭著豹星。石溪向沉步垂頭致意，後者曾是他的導師。就連鯉尾也掙扎著爬起來，即便臉上還滲流著鮮血，也要用尾巴跟她的母親曙花交纏。蛾翅環顧四周，亡者和生者開心地互相招呼。

但地上也躺著受傷的貓，有些在呻吟，有些靜悄悄地動也不動。他們的鮮血滲進空地。斑鼻的屍體橫躺在育兒室入口，藍色眼睛一片空洞。蛾翅低身拾起她的藥包。

「蛾翅！」

她猛地抬頭，看見泥毛站在她面前。他的毛髮布滿星光，毛色棕黃光亮，不再攙著灰白色的毛髮，金色眼睛無比溫暖。她心裡頓時一股暖意，上前一步，用鼻子蹭著他的肩膀，吸進那熟悉又令她慰藉的氣味。「我好想祢。」她低聲說道。

「妳做得很好，」泥毛告訴她。「我以妳為榮。」

蛾翅抽回身子，看到遍地的死傷，不禁又怒火中燒。「祢們到底在哪裡？星族在哪裡？」

泥毛歪著頭。「這話什麼意思？」

她用尾巴示意那些傷者，然後開口說：「當黑暗森林攻擊我們時，或者更早之前，他們計畫要入侵時！要是星族是存在的，為什麼祢們不能一開始就阻止他們？」她想起鷹霜那雙狂亂和憤怒的眼神。如果他沒有再回來，不是比較好嗎？「祢們告訴巫醫貓要部族互相保持距離，但其實我們需要的是團結一心才對。」

泥毛垂下頭。「我們不是總能預見未來，」他告訴她。「就算預見了，有時候也幫不上忙。星族雖然能在這場戰役裡出手幫忙，但要打敗黑暗森林，還是得靠所有部族貓的連手合作。今天發生的事情將會影響部族貓的未來，讓他們往後這幾個月更懂得團結與和睦相處。」

「難道就為了要懂這個道理而得犧牲這麼多貓嗎？」蛾翅的毛炸了開來。「我眼裡只看到星族貓的數量不斷增加。」

「貓兒的死去從來不是為了要讓情勢轉好。」泥毛難過地說道。「但有時候這似乎是唯一的方法可以讓各部族真正看清眼前的路。」

蛾翅氣餒地低吼一聲，轉身背對他，但還是能聽到泥毛的聲音。

「這麼久以來妳都沒辦法跟星族對話，而妳現在竟還轉身不理我們？」

蛾翅霍地轉身回來，氣到尾巴炸毛。「祢知道嗎？對任何巫醫貓來說，最悲慘的事莫過於看到很多族貓在受苦。為什麼星族不能調解部族之間的紛爭，不要讓他們再濺血？總感覺好像不管我做什麼都是徒勞。」

泥毛用尾巴輕輕刷過她的背。「不要這麼想。妳是隻很好的巫醫貓。」

蛾翅嗤之以鼻。「我根本連巫醫貓的資格都沒有！」她的話像爪子一樣劃向泥毛和其他星族貓。「鷹霜戲弄了你。是他把蛾的翅膀放在你窩穴外面。」泥毛凝視她，冷靜的表情不曾變過。「你都無所謂嗎？你做錯了決定，我根本不是你想收的見習生。」

泥毛的目光柔和。「當時我可能被騙了，但是星族沒有。」他向她保證。「如果我必須靠被騙才能把你收為見習生，那我很樂意。妳一直為自己的部族盡心盡力。星族沒有做錯。」

泥毛往後退，身形開始消失。星光閃爍的豹星也領著其他星族貓走出營地。斑鼻的屍體飄出蒼白的形體……又變回年輕時的模樣……冉冉上升，跟在後面離開。

蛾翅四周的貓兒開始熱烈討論，這時蛾翅又看了看躺在地上的傷者。**星族沒有做錯？**所有喪命的貓……像蝌蚪那樣淹死的貓、為了找到新領地而死在旅途中的貓、大旱時渴死的貓、因意外或作戰而喪命的貓……這些難道都是註定發生的嗎？

過去她曾納悶為什麼其他貓兒都對星族深信不疑。而她現在也看到了死後世界的確存在。但星族並不像其他巫醫貓所想的那樣全知全能。

我們不能靠祖靈，我們只能靠自己互相幫忙。這是她今天學到的功課。蛾翅彎腰拾起她的藥草包，覺得自己又有了新的決心。星族不重要。她只在乎她的族貓。

第九章

蛾翅緩步走在湖邊，聽到有兩腳獸在牠們的水上怪獸裡嬉玩的聲響以及頭頂上方黑頭鷗發出的聲音，不由得抽動著耳朵。她嘴裡叼著一坨新鮮的貓薄荷，那是從兩腳獸地盤附近採集的，太陽烘暖了她的背，讓她心情大好。今天一切順利。

新葉季再度降臨。自從和黑暗森林的大戰過後，除了邊界零星一些小摩擦之外，部族之間大抵能和平相處。也許這種現況會一直保持下去，畢竟現在大家為了努力求生都在妥協結盟。但蛾翅還是心有疑慮。戰士性好廝殺，而各部族之間的相互較勁反而使一個部族裡的族貓們更具向心力。但可以的話，她還是比較喜歡這種平和的氛圍。

部族領地裡再也沒見到鷹霜的蹤影，也沒再出現過任何黑暗森林的貓。她只能假設他們都回黑暗森林去了，不會再回來。

等她橫過那條河族營地的溪流屏障時，太陽已經開始西斜。

「快點！快讓她進來！」絕望的吼聲劃破這一方寧靜。蛾翅警覺地豎起耳朵。聽起來那一連串細細碎碎的焦急聲響……來自於河族營地的入口。

她丟下貓薄荷，往前疾奔。

一支巡邏隊聚在營地中央，聲音高亢驚慌。

「太突然了！」

「小心別傷到她。」

「我們需要巫醫貓。蛾翅在哪裡？柳光在哪裡？」

「讓我過去！」蛾翅從那群戰士當中鑽進去。她看見空地對面的柳光快步衝出巫醫屋。貓群裡頭，花瓣毛正被冰翅和錦葵鼻攙扶著，整個身子軟趴趴的，毛髮上仍流竄著鮮血。

「把她放下來。」蛾翅喵聲道。來不及把花瓣毛送進巫醫窩了，他們必須當場處理。花瓣毛身上有太多傷口。有些傷口比抓傷再嚴重一點，但是暗色鮮血的源頭來自於肚子上幾個令人擔憂的小孔洞，它們很深……是被咬的。

「是狗咬的。」錦葵鼻的聲音顫抖，同時輕輕地將他的伴侶貓放在地上。「牠突然跑出來，我們合力想趕走牠，結果牠突然咬住花瓣毛……」他愈說愈小聲，眼裡布滿驚恐。「妳們一定要救她。」

「她不會有事的，」蛾翅向他保證，同時試著評估哪處傷口最嚴重。母貓的眼睛突然睜開，但眼神恍惚。她似乎聽不到四周貓兒在說什麼。「柳光，幫我拿蜘蛛絲來！」

柳光動作很快。兩隻巫醫貓通力合作，將蜘蛛絲壓在被咬的孔洞上。當務之急是先止血。可是壓下去時，反而有更多血從花瓣毛的傷口冒出來，溫熱黏稠，瞬間浸濕了蛾翅的腳掌。花瓣毛開始喘氣……發出窒息的可怕聲響……然後又突然掙扎，想要爬起來。

「錦葵鼻，把她按住。」蛾翅下令。花瓣毛痛到根本不明白他們其實是在試圖幫她。

「星族會庇佑妳，」柳光在花瓣毛耳邊低語安慰。「祂們會指引我們的腳步，我們會保護妳的安全。」

蛾翅默默地嘆口氣……這時候星族為什麼要幫忙？祂們每個季節都任由那麼多貓兒喪命……但是花瓣毛這時竟安靜了下來，好似柳光的話有安慰到她。

如果相信星族可以幫忙我們讓柳光和花瓣毛的心情好過一點，那倒也無妨，蛾翅心想，**但我知道我們還是得靠自己。**

很難相信一隻嬌小的母貓體內竟有這麼多血。蜘蛛絲濕透了，她們的按壓傷口似乎一點幫助也沒有。柳光看著蛾翅，綠色眼睛布滿絕望。「她失血過多。」她喵聲道。

蛾翅的心就像胸口裡困著一隻小鳥似地撲撲拍打。但她深吸一口氣。**我已經當了很久的巫醫貓，泥毛將我訓練得很好。從那時起，我就治好過很多貓。**好久好久以前，她就懇求他們讓她當巫醫貓，而她從來不後悔這個決定。因為這是她的使命。

「我們試試看木賊吧。」她決定道。「快回去把所有木賊都拿來。我們必須先止血。」

她全神貫注地將花瓣毛的傷口邊緣盡量捏合在一起，希望能緩解流血的速度，等到柳光回來，她開始將這種莖幹上很多粗毛的植物嚼爛，柳光則趁這時候把傷口上的蜘蛛絲清乾淨。

蛾翅塗上厚厚的藥泥，抹在所有口上，直到完全被覆蓋。流血速度終於慢下來，最後變成一滴一滴的。「現在用蜘蛛絲，」她接著說道，然後和柳光小心地把蜘蛛絲裹在藥泥上。

花瓣毛動也不動地眨眨眼睛，試著聚焦四周那幾張臉。「發生了什麼事？」她問道，聲音微弱。「錦葵鼻？」

「我在這裡。」她的伴侶貓趕緊應答。

「我們把她搬進巫醫窩吧。」柳光下令道。「錦葵鼻，如果你能幫我，我們就能在不撐開傷口的情況下把她扶進去。」蛾翅看著他們小心翼翼地受傷的戰士扶起來，走向巫醫窩。

圍觀的貓群最後都鬆了一口氣。「感謝星族。」霧星輕聲說道。

原本彈動著尾巴的蛾翅惱火地停下動作。星族沒有指引她的腳步，也沒告訴她該使用何種藥草。是蛾翅和柳光所受的訓練和醫術救了花瓣毛。那一瞬間，不滿的情緒宛若爪子攫住她的心。

但她甩甩身子，讓怒氣褪去。不管星族到底有沒有幫上忙，花瓣毛都會好起來，這才是最重要的。頭腦已經冷靜下來的她跟著傷者朝巫醫窩走去。

當初跟鷹霜留在河族的這個決定是對的。這個決定給了她一個完整的部族。懇求泥毛收她為徒也是正確的決定。

這裡的確是我應該在的地方，我屬於巫醫窩，我屬於河族。

蛾翅有了自己的部族，她會盡一切所能地去救治每一隻貓。

國家圖書館出版品預行編目(CIP)資料

貓戰士外傳 . XIX, 說不完的故事 6 / 艾琳・杭特（Erin Hunter）著；高子梅譯 . -- 初版 . -- 臺中市：晨星出版有限公司 , 2023.12
264 面；14.8x21 公分 . --（Warriors；68）
譯自：A Warrior's Spirit
ISBN 978-626-320-680-9（平裝）
873.59　　112018105

貓戰士外傳之XIX

說不完的故事6 *A Warrior's Spirit*

作者	艾琳・杭特（Erin Hunter）
譯者	高子梅
責任編輯	謝宜真
文字校對	謝宜真
封面繪圖	彩木 Ayakii
封面設計	張蘊方
美術編輯	張蘊方
創辦人	陳銘民
發行所	晨星出版有限公司 407台中市西屯區工業區30路1號1樓 TEL：04-23595820　FAX：04-23550581 行政院新聞局局版台業字第2500號
法律顧問	陳思成律師
初版	西元2023年12月15日
讀者訂購專線	TEL：（02）23672044 /（04）23595819#212
讀者傳真專線	FAX：（02）23635741 /（04）23595493
讀者專用信箱	service@morningstar.com.tw
網路書店	http://www.morningstar.com.tw
郵政劃撥	15060393（知己圖書股份有限公司）
印刷	上好印刷股份有限公司

定價290元

（缺頁或破損的書，請寄回更換）

ISBN 978-626-320-680-9